ORGANIZAÇÃO DE FERNANDA FELISBERTO
TERRAS DE PALAVRAS
CONTOS
2008

© 2004
Cuti I Eduardo H. P. de Oliveira I Esmeralda Ribeiro I Kátia Santos I Lande Onawale
Márcio Barbosa I Marco Manto Costa I Mayra Santos-Febres I Micheline Coulibaly I Nei Lopes

EDITORAS RESPONSÁVEIS:
Cristina Fernandes Warth
Mariana Warth

PRODUÇÃO EDITORIAL:
Silvia Rebello

DIREÇÃO DE ARTE E ILUSTRAÇÕES:
Chris Lima (Evolutiva)

DESIGNER GRÁFICO:
Aron Balmas (Evolutiva)

REVISÃO:
Vanessa Salustiano
Sandra Pássaro

EQUIPE DE AFIRMA:
Athayde Motta
Aurino Jr.
David Faustino Pereira
Eduardo H. P. de Oliveira
Fernanda Felisberto
Katia Drumond
Nilma Rocha
Rafael Cesar

AGRADECIMENTOS:
Conceição Evaristo
Maria Consuelo Cunha Campos
Regina Domingues

Todos os direitos reservados à Pallas Editora e Distribuidora Ltda.
É vetada a reprodução por qualquer meio mecânico, eletrônico, xerográfico etc. sem a permissão prévia por escrito da editora, de parte ou da totalidade do conteúdo e das imagens deste impresso.

CIP-BRASIL. CATALOGAÇÃO-NA-FONTE
SINDICATO NACIONAL DOS EDITORES DE LIVROS, RJ.

T313 1ª ed. 1ª reimpr.	Terras de Palavras: contos / organizadora Fernanda Felisberto. — Rio de Janeiro : Pallas : Afirma, 2008. ISBN 978-85-347-0360-4 (Pallas) ISBN 978-85-89236-02-7 (Afirma) 1. Antologias (conto brasileiro). 2. Negros na literatura. 3. Escritores negros — Brasil. I. Felisberto, Fernanda.
03-2300	CDD 869.93008 CDU 821.134.3 (81) - 3 (82)

Pallas Editora e Distribuidora Ltda.
Rua Frederico de Albuquerque, 56 — Higienópolis
CEP 21050-840 — Rio de Janeiro — RJ
Tel./fax: (21) 2270-0186
www.pallaseditora.com.br
pallas@pallaseditora.com.br

SUMÁRIO

INTRODUÇÃO	7
MUKONDO Lande Onawale	17
A BAILARINA Lande Onawale	35
MEU DEUS, CADÊ ESSE MENINO Kátia Santos	37
CENAS Esmeralda Ribeiro	47
DESENGANOS Márcio Barbosa	67
DE QUANDO MATARAM O TEMPO Eduardo H. P. de Oliveira	73
ENTREATO Cuti	85
O ESTRANHO MILES Marco Manto Costa	95
SUJEITO HOMEM Nei Lopes	103
RESINAS PARA AURELIA Mayra Santos-Febres	115
O TETO Micheline Coulibaly	141
ORGANIZADORA	173
AUTORES	175

INTRODUÇÃO

A oralidade sempre foi uma marca de identificação e resistência da população negra no Brasil e na diáspora africana. Dominar esta técnica, porém, não significava ter autonomia em uma sociedade em que o poder estava na forma como o pensamento era apreendido no papel através da escrita. Como uma demonstração do que este poder representava, Henry Louis Gates Jr.[1] nos lembra que negros escravos eram proibidos de aprender a ler e escrever e muitos arriscavam a vida para conseguir tal feito. No caso brasileiro, os registros de negros e negras com acesso à educação são raros mesmo entre os alforriados, e as exceções notáveis, como André Rebouças, são exiladas de nossa memória coletiva.

Enquanto se explora com alguma freqüência a experiência da oralidade, perde-se de vista que o processo de reconquista das habilidades de ler e escrever entre os negros é consituído por viagens solitárias. Assim como ainda temos, em conjunto, que passar da condição de ouvintes para a de leitores, gerações de

---

1. Diretor do Departamento de Estudos Afro-Americanos e do Instituto W.E.B. DuBois para Pesquisa Afro-Americana, ambos na Universidade Harvard.

negros na diáspora têm que passar da condição de homens e mulheres atuando como contadores, yalodês e griots (assim como todas as outras atividades que fazem da voz um instrumento aglutinador e de poder) para a condição de escritores.

Assim, a literatura afro-brasileira, ou aquelas formas de expressão escrita praticadas por negros brasileiros, tem existido em meio a estes complexos processos de mudança que nunca parecem ter um fim, pois ainda não conseguimos que as habilidades de ler e escrever estejam plenamente acessíveis a todos nós. No entanto, mesmo com toda a sua invisibilidade, a escrita da população negra não eliminou a tradição oral (da qual ainda dependemos e que comprova a nossa capacidade intelectual, ainda posta em dúvida por tantos) e invade o mundo dos "letrados" com o acúmulo de quem descende, em espírito e estilo, de precursores como Luiz Gama, Cruz e Souza, Lima Barreto, Solano Trindade e Carolina Maria de Jesus, e que continua com nomes como Elisa Lucinda, Conceição Evaristo, Jussara Santos, Mirian Alves e Paulo Lins, entre outros. Isto sem falar na dívida que a literatura brasileira tem conosco por não permitir que Machado de Assis nos sirva como exemplo e inspiração, isolando-o na condição de "gênio do Brasil", uma posição de ícone tradicionalmente inatingível e de uso privado das elites.

Nós, que tanto precisamos de nossa literatura para nos entreter, precisamos dela também para expressar as várias demandas que temos por igualdade de gênero, religiosidades distintas, e para exercer a auto-estima. Nossa literatura negra nos serve como um alicerce para a construção de uma identidade afro-brasileira autônoma, sem amarras e legendas que legitimem a nossa permanência ou exclusão ao longo da história deste país.

A literatura negra contemporânea já alcançou um lugar definitivo no cenário internacional com homens e mulheres afro-americanos, afro-caribenhos e africanos como Alice Walker, Buchi Emecheta, Chinua Achebe, Edouard Glissant, Edwidge Danticat, Mariana Bâ, Paulina Chiziane, Toni Morrison e Wole Soyinka, entre tantos outros, que conseguiram traduzir em suas obras o cotidiano rural e urbano de populações negras diversas. Mas esta literatura chega ao Brasil sempre de forma muito tímida e com grande defasagem. Um exemplo é o *O olho mais azul*, de Toni Morrison (Cia. das Letras, São Paulo, 2003), que chegou ao Brasil 33 anos depois de lançado. Apesar deste atraso, o livro de Morrison permanece atualíssimo e particularmente relevante para o contexto brasileiro e as formas como os problemas raciais se manifestam em nosso meio.

A nossa literatura afro-brasileira ainda ocupa um lugar periférico no debate sobre as relações raciais, já que boa parte das publicações sobre este tema é de estudos históricos e antropológicos. Raras exceções localizadas e valiosas, no entanto, manifestam uma sensível criatividade literária. Uma iniciativa particularmente memorável de resistência é o grupo Quilombhoje Literatura, de São Paulo, que há 26 anos produz os Cadernos Negros, com seleções de contos e poemas que raramente merecem a atenção do saber literário oficial. A postura obstinada deste grupo tem sido por muitos anos a única evidência de que o universo afro-brasileiro pode, sim, se expressar através das letras e de que há muito para ser escrito com linguagens várias.

A idéia de publicar textos do universo afro-brasileiro era um desejo antigo, mas somente agora decidi aceitar o desafio. Temos uma infinidade de "causos" e "estórias" que não conseguem ultrapassar as fronteiras das conversas familiares e das rodas de amigos, algumas desprezadas ou reduzidas a "histórias de preto", fruto de uma falta de representatividade social. Ultrapassar esta linha divisória entre o espaço da casa e da rua é, também, inscrever nossas práticas cotidianas em um lugar onde elas possam alcançar outros negros e negras e um público dito informado, mas que permanece alheio a nosso respeito.

Havia várias possibilidades de caminhos para definir o fio condutor desta coleção de trabalhos, mas ao longo do tempo optei em deixar a criatividade e a voz dos autores apontarem para aquilo que eles têm em comum. Como o interessante resultado final demonstra, este espírito coletivo foi encontrado e pode ser percebido (ou melhor ainda, lido) naturalmente.

Os homens e mulheres que participam desta edição, cada um a sua maneira, têm uma sólida experiência com o universo literário, seja no espaço acadêmico ou em suas produções independentes. A seleção foi se definindo a partir da disponibilidade de alguns, cujo trabalho acompanho há anos, e do estilo peculiar daqueles que têm neste livro a sua primeira publicação.

Muito timidamente, pensamos em abrir um diálogo novo entre o universo literário afro-brasileiro e as contribuições de Mayra Santos, de Porto Rico, e Micheline Coulibaly, da Costa do Marfim. Santos, doutora em Letras pela Universidade Cornell

(EUA) e cujos livros já foram publicados em inglês, francês, alemão e italiano, começou a escrever aos cinco anos devido a uma asma que a impedia de brincar. Ela explora a sensualidade da palavra e do corpo, ao mesmo tempo em que está atenta para as maneiras como o corpo negro pode ser apropriado à revelia das mentes que o habitam. Coulibaly, que nasceu no Vietnã, e foi criada na Costa do Marfim, tem grande parte de sua produção voltada para a literatura infanto-juvenil, além de contos traduzidos para o alemão e espanhol. Falecida em 2003, Micheline Coulibaly foi uma das primeiras autoras a aceitar participar desta coletânea, realizando o seu desejo de apresentar seu trabalho aos leitores brasileiros. De maneira inesperada, este livro é também uma homenagem especial a sua memória e espírito. Além destas importantes mulheres escritoras, este livro deve muito de sua realização à escrita de um artista único, Nei Lopes, com suas histórias passadas nos subúrbios tão íntimos dos negros do Rio de Janeiro, mas cuja universalidade deve emocionar aqueles que vivem em áreas semelhantes em todo o país.

A reunião da escrita brasileira com a caribenha e africana permitiu explorar de maneira mais ampla o cotidiano de homens e mulheres negros na África e em partes da diáspora africana. Estas experiências variadas e distintas são o que este volume tem de mais enriquecedor para aqueles que lerem suas páginas. Um exemplo desta riqueza de herança africana é como o tema da morte aparece representado em cada um dos textos. Física ou sentida, real ou metafórica, a escrita da diáspora africana sobre a morte é um dos muitos segredos que este livro revela ao contribuir para um maior conhecimento desta produção literária. Convido a todos e a todas para que leiam estes textos, pois é assim que eles finalmente deixarão de ser invisíveis.

Este é um momento único e especial que já aconteceu no passado, sendo cada livro publicado uma espécie de grito curto mas profundo. Desta vez, no entanto, existe a possibilidade de que o impacto das palavras que este livro contêm possa atingir mais pessoas. Pela primeira vez em nossa história, o ensino de História da África e Cultura Afro-Brasileira passa a ser obrigatório na educação brasileira. A manifestação artística literária de homens e mulheres afro-brasileiros é o diferencial que pode fazer desta mudança curricular não apenas uma letra morta, mas uma profusão de letras e palavras que trazem à tona um universo ainda tão desconhecido e mal-representado pelos cânones da tradição literária brasileira. É literatura para renovar a educação e para estimular uma nova produção. Que os leitores e as leitoras se encantem com estes mundos e olhares, que os afro-brasileiros respondam com suas próprias palavras, pois há muito que devemos dizer com as palavras que só nós podemos escrever!

Fernanda Felisberto
Organizadora

MUKONDO
Lande Onawale

"84!" anunciou o coveiro com uma certa satisfação, como se prestasse um grande serviço. Na pequena multidão que ainda cercava o túmulo, diversas pessoas, pronta e discretamente, se puseram a anotar o número anunciado. O próprio coveiro — pedreiro — tirou do bolso um lápis e, arrancando um pedaço da lápide branca do túmulo vizinho, anotou a dezena que, certamente, seria sorteada no jogo de bicho logo mais.

Findado o ritual fúnebre, os parentes próximos dos mortos já afastados do túmulo, aquela aglomeração dispersou-se.

Cada familiar saía do cemitério carregando suas sensações em relação ao falecido. A mãe, D. Ismênia, e o filho mais novo saíam, outra vez, tão juntos e sós do cemitério. As nuvens precipitavam-se em gotas; era a chuva trazendo suas lembranças... Dinho, como era chamado o caçula, ainda não se refizera plenamente da morte da irmã que o criou, oito anos antes. Nem a mãe. Se Dinho perdia uma segunda mãe, Rosa foi a primeira das suas "crianças" que D. Ismênia enterrava.

A vida pelo avesso. O sentimento de orfandade era particular entre mãe e filho. "Meu dengo... minhas candonga...", a irmã costumava dizer carinhosamente para ele. No enterro, seu sentimento era o de que qualquer outra morte (até a da mãe!) seria uma morte menor, aceitável. Mas naquele mesmo dia, ainda à porta do cemitério, a mãe o advertiu:

— Uma morte nunca prepara a gente pra outra...

* * *

E assim estava a família, despreparada, quando chegou a notícia do acidente no setor de produção da refinaria, onde Roberto, o filho mais velho, trabalhava. O almoço dominical calou-se imediatamente, e quase todos voltaram os olhares para a matriarca. Sem dizer palavra, D. Ismênia levantou-se diligente, após afastar o prato com a comida. Sem pressa ou vagareza, e continuando a mastigar o que lhe restava à boca, pôs-se a providenciar sua ida à refinaria. Os adultos dividiram-se: uns choravam baixinho, reprimindo os maus presságios, uns tomavam as mesmas providências da mãe, e outros a seguiam pela casa ajudando-a a preparar-se. Ela não olhava para trás, nem para os lados.

Andando, largava uns chinelos e calçava outros — alguém apanhava os primeiros. Antecipando-lhe os gestos, uma filha, mesmo lacrimosa, procurava brincos adequados, enquanto outra trazia-lhe o relógio e colocava em seu pulso. Um dos filhos que a acompanharia foi à sua casa, no andar de cima daquela, trocar de roupa. Raimundo, o Dinho, que estudava em Salvador e chegara naquela manhã, iria com a roupa do corpo.

* * *

Muita gente já se aglomerava no portão da refinaria e os três iam passando em ziguezague por entre as pessoas. Não havia pressa, mas alguma ansiedade os fazia elevar os olhares acima das cabeças à frente enquanto andavam. Aos pedaços, o relato do acidente ia chegando à família, narrativa que ora repetia-se, ora avançava com mais ou menos exageros:

— ...aí o óleo subiu num rojão e torou o braço do cabra! Foi aquela misturada! Era preto, era vermelho, era preto, era vermelho...

— ...diz que tavam futucando o lugar de sair o óleo e aí....

— ...parece que ele foi dar a mão pra socorrer o camarada...

— ...a segurança é mínima...

Cruzaram a portaria e caminharam até a recepção. Lá, o clima não era de curiosidade, espanto, ou dúvidas; era o desespero. O funcionário de Serviço Social, após ler a lista de nomes dos mortos — foram cinco —, informava que a empresa já havia providenciado o traslado dos corpos para o IML.

Ao ver D. Ismênia e os filhos chegarem, uma velha veio ao encontro deles, deixando o marido e as filhas para trás. Braços abertos, lágrimas em profusão.

— Ninha, ô Ninha! — clamava a D. Ismênia, olhando para cima e balançando a cabeça negativamente. — Nossas criança, Ninha! Nossas criança! — D. Ismênia estacou e os filhos ultrapassaram a mãe pela primeira vez, indo buscar mais informações. A anciã a abraçou, desabando a cabeça e o pranto sobre seu peito: — Ô Ninha, nossas criança... nossas criança..., repetia e repetia.

* * *

— Mas, minha mãe, isto não é justo — ponderava Iara, uma das filhas.

— Não. Já disse. Esse povo que fique lá com seus batuques. Eles têm a religião deles, e nós temos a nossa.

— Concordo com mamãe — disse Dinho, apoiado por outra irmã. — Será que nem da alma de Roberto saberemos cuidar?

— Gente, vocês não estão sendo sensatos — insistiu Iara, e virando-se para a mãe: — Eu também acho mamãe que nós e as pessoas do Maiangê somos de religiões diferentes, mas a *nossa* religião não era a de Betinho, e sim a *deles*.

A discussão ocorria na manhã do sepultamento, numa acanhada sala fornecida pela administração do cemitério. Roberto era Tata de um Terreiro de Candomblé, cargo que, além de ser um auxiliar direto da Mãe de Santo, ele exercera muitos anos e com dedicação. Assim, o Terreiro Munzo Maiangê enviou uma delegação para comunicar à família a necessidade de realizar alguns rituais para o falecido. Não disseram quais, mas o que fosse era preciso obter a permissão de sua mãe. Iara, que passou a ser a filha mais velha após a morte de Rosa, era a mais próxima do finado Carlos, seu pai, como também de Roberto. Além disso, era naturalmente conciliadora.

Quando, por fim, D. Ismênia foi convencida, todos saíram. Eram sete horas da manhã. Uma das filhas de D. Pureza, a velha chorosa da refinaria, estava à frente da comitiva religiosa — seis pessoas: três homens e três mulheres, duas das quais serviam café, cuscuz e mingau, na entrada do pequeno cemitério, oferecidos pela comunidade do Terreiro. "Até aí, tudo bem!" — dissera um dos irmãos, ao saber da oferta. A comida atraiu gente de vários outros velórios.

A sala onde repousava o corpo do petroleiro morto estava vazia, e a quietude se espalhava pelas demais dependências do cemitério. Nos banquinhos de madeira à frente daquela sala, pessoas ainda dormiam recostadas em colunas e paredes — sono profundo começado altas horas, após muitos causos contados. Ocupando um dos bancos, os quatro emissários do Terreiro Munzo Maiangê Junçara aguardavam, pacientemente, o veredicto da família. Levantaram-se, quando o outro grupo se aproximou.

— Podem comunicar à mãe de vocês que, quando precisarem, ajudaremos no que for possível — comunicou D. Ismênia.

Todos cumprimentaram a mãe do seu irmão de santo e já iam saindo, quando ela ainda disse:

— Vocês estão indo ou vindo da feira?

Os quatro entreolharam-se, surpresos, ao que ela apontou para a sacola na mão de um deles.

— Ah! Estamos voltando. Nós fomos cedo — explicou a líder do grupo.

— É que preciso avisar a Seu Matias das Cabras a hora do enterro, mas eu mando um dos meus, obrigado — completou a senhora, observando o grupo se afastar com suas roupas alvas, "brancas como a morte... como a transcendência", foi o que seu filho, um dia, tentara lhe explicar.

Ao passarem apressados pelas moças do café, uma delas chamou alguém da comitiva.

— Dandeji! Como foi lá?

Um homem de uns 24 anos regressou até elas e informou sorrindo:

— Tudo bem. Ela disse que quando precisarmos eles ajudarão no que for possível.

Deixou as moças com igual sorriso nos rostos, e voltou rapidamente para se incorporar à comitiva, sendo repreendido pelos demais que não interromperam sua marcha.

* * *

Tata Dandeji passou parte da noite anterior ao enterro treinando as cantigas que conduziriam o caixão até o túmulo. Nunca havia feito isso e seguiu à risca a orientação de um mais velho quanto ao ensaio: "Pode, mas seja reservado". Já em casa, trancou-se no banheiro e pôs a zunir as cantigas para a noite paciente. Entretanto, apesar dos seus esforços de pronúncia da língua, de seu preparo, seu canto não passou da primeira frase:

— Ntambo wafa... — logo foi interrompido por um coro de vozes femininas e provectas:

— Segura na mão de Deus! Segura na mão de Deus... — seguiram, cantando, D. Ismênia e outras beatas da paróquia.

O jovem encheu os pulmões se preparando para a disputa, mas o olhar de um outro Tata conteve seu ímpeto e Dandeji expirou, devagar, o seu desapontamento. Sentiu-se vingado quando alguns Nkisi incorporaram em filhas e filhos-de-santo que acompanhavam o cortejo. Kaiango, Kavungo, Nkosi, Tempu... Para ele, foi como se aquelas sérias e silenciosas presenças, com seus olhos fechados e seus pés descalços, entoassem cânticos que as fizessem pairar sobre todos, acompanhando o cortejo até o seu final.

* * *

Passaram-se três dias do sepultamento, quando alguém se lembrou da Velha Juca, a avó do falecido marido de D. Ismênia. Em meio às tristezas e demandas que uma morte exige, ninguém se lembrou de dar à velha Juanina uma importância maior do que a que lhe era reservada no cotidiano: a comida e a bebida depositadas na mesa da sala de sua minúscula casa nos fundos da principal. Pratos e copos recolhidos e lavados logo após o uso. D. Juca, mais reclusa que nunca, já arrastava com dificuldade seus 96 anos e estava ainda menos disposta a contar histórias no tamborete da porta de casa — seu horizonte, e "de onde ainda se vê o céu". Em verdade, todos achavam que a bisavó sempre estava a par de tudo no mundo à sua volta e tinha opiniões sinceras sobre todas as coisas que apreendia — o que podia ser, inclusive, motivo para não querer ouvi-la.

A casa de D. Juca, um apêndice da principal, era a construção mais antiga daquele terreno, e assistiu às moradias se expandirem para os lados e para cima em torno dela. Foi na porta da casinha que Iara, encarregada de dar a notícia, encontrou a bisavó, transbordando suas reflexões pelo olhar, pelas raras palavras, pela fumaça do cachimbo. Como todos faziam antes de falar com a anciã, Iara aguardou alguns instantes em silêncio.

Ninguém jamais questionou a origem deste ritual, nem seu significado. Quem chegava simplesmente ficava em silêncio, como a esperar — talvez — Vovó Juca retornar de algum lugar. Quando julgou conveniente, Iara sussurrou:

— Vovó... Betinho... — e emendando a pausa da bisneta, ela disse mornamente e olhando pro céu:

— Foi pro sererê... — é o que sempre pronunciava quando lhe contavam de algum falecimento. Após tantos anos, Iara achou que era o momento de perguntar sobre isso.

— Sererê, Vó?

D. Juca pitou o cachimbo e suspirou com a fumaça:

— ...é lugar de quem nunca veio... pr'onde vai quem nunca vorta intero... — e não falou mais naquele dia.

* * *

A missa de sete dias de Roberto coincidiu com o início das cerimônias fúnebres — mukondo —, consagrando o 21º ano de morte do Tata Nkisiani Sinésio Diangongo, sacerdote que fundou o Terreiro Munzo Maiangê. Dinho retornara da Capital e comunicou à mãe que iria ao Terreiro do irmão.

— O que você perdeu lá? Cê parece que não crê nem mais em Deus, quanto mais naqueles santos.

— Se o espírito de Betinho vai baixar lá, alguém da família deve estar presente... quem sabe não tem algum recado pra nós — disse num misto de ironia e desafio.

Sendo o caçula, Dinho foi o que menos vivenciou os conflitos religiosos entre a família e o povo do Maiangê, como D. Ismênia referia-se à comunidade do Terreiro, conflitos agravados com a iniciação de Roberto, que fora levado pelo próprio pai, Seu Carlos. O patriarca da família Luz freqüentou por quase três décadas aquele Terreiro, sem ter tido coragem de iniciar-se, pondo em risco o namoro — e depois o casamento. Quando o filho mais velho, ainda menino, demonstrou gosto pela religião, ele festejou o fato. Dez anos depois Roberto iniciou-se e Seu Carlos, que costumava dizer que morreria feliz "só por isso", faleceu quatro meses após a iniciação do seu primogênito. Tata Wizanvulá. Foi como Seu Carlos sempre chamou o filho, do dia da Confirmação até morrer.

No íntimo de todos os parentes, com uma ou duas exceções, habitava um ciúme pelo fato de o povo do Maiangê ter conquistado os dois "principais" homens da família na época.

Dinho crescera em meio a esse enredo. Contudo, o ambiente universitário da Capital e sobretudo as reflexões que o Movimento Negro suscitava não o permitiram exacerbar, como os demais parentes, os sentimentos de antagonismo em relação ao Terreiro Munzo Maiangê. Mas daí à crença...

* * *

Anoitecia. Embora nunca houvesse entrado no Maiangê, Dinho sabia onde ficava o Terreiro. Às vezes era preciso parar numa ou outra casa, para receber condolências.

— Sua bênção, D. Rôxa.

— Ô meu filho! Deus que lhe abençoe! Diga a sua mãe que eu tô muuuito sentida, viu?

E mais adiante:

— A benção, D. Gilhermina.

— Deus que lhe dê saúde, meu filho! Meus 'pesmes', viu? Ó, diz pra Ninha que eu num fui na missa, mas que amanhã eu passo lá. Eu num ando muito 'católica' com esses padre novo, não... — justificou-se.

Pelas ruas calçadas, sinuosas e íngremes que seguia, Dinho ia pensando (e sentindo) as coisas mais díspares. Estranhas. Curiosas. "Há 30 anos atrás isso aqui deveria ser um brongo só! Haja fé!" "E aquele pirralho ainda vinha acompanhando o velho brôco..." "Será que aqueles feiticeiros adivinham que eu estou indo lá hoje?" "Acho melhor voltar daqui..." "Mas eu quero ir...".

O vento soprava em seus ouvidos, como se também quisesse dizer-lhe algo. Após dobrar uma esquina, seu coração deu saltos. Um batuque surdo chegou até ele e, olhando para o final da rua, à esquerda, divisou as copas das árvores do Terreiro, em contraste com os muitos telhados fora do espaço religioso. O som que lhe chegava crescia em volume e acelerava seu coração. A 10 metros da porteira do Maiangê, conseguiu controlar-se, mas quase ao pisar no batente do grande portão foi novamente surpreendido. Um homem, que não percebeu sua aproximação, arremessou um punhado de farofa branca para a rua e como ele estava bem atento pôde desviar-se sem ser atingido. Acompanhando o senhor, um rapaz com outros recipientes na mão. Por um breve instante o homem o olhou — teve a impressão que com um discreto contentamento — e logo continuou a atividade, derramando outras porções na rua. Objetivos e calados, os dois viraram-se e retornaram para o salão.

Quinze metros separavam a porteira da porta ampla do barracão, que estava totalmente aberta. Todos viram quando o homem de camisa vermelha e calça bege adentrou o Terreiro, mas nem todos acreditavam no que viam. Ele posicionou-se na janela e ficou a observar o ritual. Algumas senhoras, com os olhos arregalados, juravam estar vendo o finado Roberto. De fato, Dinho guardava muita semelhança com o irmão.

— Cruz credo! Até eu achei que era — disse uma senhora quando cruzou por outra, já aliviada do susto.

Várias coisas o colocavam em destaque, a começar pela novidade da sua presença. Nenhum dos outros filhos de Carlos jamais havia cruzado aquela porteira. Como todos os participantes da cerimônia estavam dentro do barracão, e vestidos de branco, aquele homem na janela parecia um incômodo foco de luz. Dinho, numa certa medida, previu e preparou-se para aquele estranhamento, e assim, permaneceu comodamente como espectador, resistindo a dois convites para entrar e sentar-se. Entretanto, foi polido.

— Não, obrigado. Já vou me retirar.

O som que ouvira ainda na rua vinha do centro do salão. Sentados de frente para a porta, dois homens tocavam palhas em potes de barro e um outro batia numa cabaça com umas varinhas. À frente deles, homens e mulheres revezavam-se dançando. Vinham, cada um à sua vez, de diversos pontos do salão, regressando para seus assentos nos grandes bancos de madeira — algumas poucas pessoas ocupavam cadeiras de alto espaldar. Havia quem dançasse inquieto com aquela presença na janela, olhando de canto de olho para confirmar que não era uma visagem, ou esperando ver apenas a noite, e mais nada.

Dinho estava intrigado, pois esperava ver uma mesa, com as pessoas em volta, de olhos fechados e mãos dadas, emitindo preces e invocando espíritos de pessoas falecidas — para ele o ritual espírita encarnava o padrão de comunicação com os mortos. Em vez disso, via o que lhe pareceu uma festa... Mas havia uma sobriedade no ar, apesar de alguma conversa, dos risos, da dança. Percebia-se uma certa reserva no comportamento das pessoas, que distinguia esta cerimônia das outras festas que já vira em Salvador, acompanhando colegas e professores universitários a Terreiros famosos. Diferentemente do gestual tranqüilo das pessoas mais idosas, os membros mais novos traziam uma leve aflição nos movimentos. Entretanto, cantavam:

— Mukondoiô Tata Kamukondoiô... — cantava uma voz feminina que Dinho não identificou onde estava.

Pensou em Mãe Nesinha, filha de Sinésio Diangongo e atual responsável pelo Munzo Maiangê. Fixou o olhar em duas mulheres gordas, tentando adivinhar qual delas seria a líder do Terreiro e lembrando o livro de um estudioso sobre candomblé: "As Iyás... mulheres fartas, com seus grandes óculos quadrados e suas filhas-de-santo em volta da saia". "Mas onde estavam os mortos?" também se perguntava, correndo o barracão com olhos em busca de algum fato sobrenatural. Uma mão tocou seu braço e ele assustou-se. A senhora sorriu-lhe amável e disse:

— Você não é o filho de Carlos? Vem. Tá chuviscando e a Neengwa Lundwemin pede pra você entrar — falou apontando alguém dentro do barracão. Sentada numa cadeira, estava uma velha magra como sua mãe, porém um pouco mais alta; de olhos arregalados e rosto sereno. Sorrindo e sem parar de cantar, a sacerdotisa fez um discreto aceno com a cabeça, indicando a fileira de homens à direita do salão.

Dinho já ia repetir a frase para a senhora ao seu lado, quando ouviu — tinha certeza — o nome do seu irmão falecido. Voltou o olhar rapidamente para D. Nesinha, esperando que ela repetisse o nome de Roberto, mas ela não o fez. Cantava coisas que não ele entendia, em meio a um ou outro nome familiar, como o do finado Ladu, do Terreiro da Serra. Ouviu um novo convite, mas já não conseguia mover-se: um homem levantou-se para dançar, e era Manuel Carvoeiro, morto muitos anos atrás! Mas o achou mais baixo, mais gordo, e não lhe via bem o rosto. Vendo-o dançar já não tinha certeza e ele saiu sem voltar-se para a porta. Uma velha logo o substituíra, toda envolta em um largo xale de pano ao pescoço, toda curvada sobre si. Dinho não pôde refazer-se do primeiro susto, pois, mesmo de costas, não tinha dúvida de que a conhecia... Quando terminou de dançar, a velha sorriu-lhe. Aquele riso, sempre tão raro e atraente, o fez dar um passo atrás espantado. Era sua bisavó Juca! Recuando um pouco mais, se expôs à chuva. Várias sensações o arrebataram. Suas vistas turvaram-se e sentiu a pressão da mão sobre seu braço aumentar, amparando-o. Faltava-lhe o chão. As gotas de chuva arremessadas em seu rosto foram a sua última sensação consciente — que lembraria para o resto da vida. Um barravento rodopiou o seu corpo e, nele, Kaiango veio à terra pela primeira vez.

A BAILARINA
Lande Onawale

Para Fernanda Felisberto

Não via a hora da estréia do comercial. Seria no horário nobre, e o bairro inteiro, aliás, a cidade inteira se tornaria um buchicho só no dia seguinte. À tarde, fora buscar o cachê da sua participação e, junto com as outras dançarinas, assistiu ao filme já editado. Faltava apenas a inserção da logomarca do produto. As evoluções por demais ensaiadas no estúdio e na escola de balé que freqüentavam ficaram perfeitas. Os passos finais, em *slow motion*, culminavam com o salto de todas em direção à câmera. Uma das colegas, a de perfil mais próprio, mais nórdico, mostra, na palma da mão, o copinho do iogurte anunciado – o produto disputando a tela com os sorrisos sadios das moças por breves 5 segundos de imagem congelada.

Às 19 horas, a janela da sala – e o próprio cômodo – estava apinhada de gente. Quem possuía TV em casa ouvia as reclamações de quem não possuía o aparelho; todos consideravam mais emocionante assistir ao comercial na casa da artista.

Plim Plim. Os moleques largaram as bolas de gude na réstia de barro onde brincavam e se enfiaram por entre as pernas dos adultos. A irmã da bailarina, na varanda, interrompeu o beijo e adentrou a sala arrastando o namorado pela mão. Os comerciais que se sucediam, mesmo os mais tolos, nunca tiveram uma platéia tão atenta e silenciosa.

Começou. As moças dançavam como as cabeças dos expectadores. "Cadê ela?! Cadê ela?!" "Ali ó. Aquela de roupa azul." "Mas são várias! Bem que a TV poderia ser maior, né?", observou um vizinho. "No final fico mais visível", disse a dançarina aflita. "Psssiu!", repreendeu a mãe.

Para todos os 30 segundos foram eternos. Quando o balé iniciou os movimentos finais, a bailarina inclinou-se instintivamente para a TV. Na tela, ao canto superior direito, uma tarja branca com o nome do produto apareceu e foi escorregando em diagonal. Foi entrando... entrando... e parou, escondendo ao fundo seu rosto negro tão bonito.

MEU DEUS, CADÊ ESSE MENINO
Kátia Santos

Minha Nossa Senhora, eu com tanta coisa pra fazer e ter que largar tudo pra ir atrás desse menino. Valha-me Deus! Eu falei pra ele, leva essa roupa lá e volta correndo. Mas ele nunca obedece, tem que acompanhar a cabeça dos outro. Mas dessa vez ele tá demorando muito, tô ficando preocupada. Será que ele voltou lá pra baixo!? Ô, ô, meu filho, você viu o Dinho? Ele tava com quem? Tem muito tempo? Se você vê ele por aí, diz que é pra ele ir pra casa agora, que eu tô procurando ele desde ontem. Brigado, viu, meu filho.

Não, num vô esperar mais não, eu vô atrás desse menino, ele hoje vai vê com quantos paus se faz uma canoa. A gente cria filho pra isso, pra ter dor de cabeça pro resto da vida. Mas isso é a falta de um homem dentro de casa. Se tivesse um pulso de homem dentro de casa num fazia isso, ah mas num fazia mermo. Com o padrasto em casa só piorou, parecia gato e rato. Quando os dois se esbarrava no barraco parecia que ia começar uma guerra. Deus que me perdoe, quanta perturbação dentro de uma casa... eu num nasci mermo pra ter paz. Agora que aquele desgraçado foi embora, aquele descansado, explorador, eu pensei que esse menino fosse sossegar. Mas não, parece que piorou, ainda mais que eu não quis aceitar aquele dinheiro ontem. Num soube me dizer de onde tirou, quem deu... num aceitei. A gente num pode deixar menino nessa idade chegar em casa com coisa sem saber de onde veio, não. Senão cria mau costume. Eu num posso nem imaginar um filho meu tirando coisa dos outro. Deus me livre! Sou pobre, cinco filho pra criar, dou um duro danado na casa da madame, lavo roupa pra fora... faço tudo que posso. A vida num é melhor porque Deus num qué, mas um dia há de melhorar. Ano que vem ele vai pro exército, vai criar juízo e quando sair vai ficar mais responsável e vai me ajudar a cuidar dos irmão. A irmã também já tá mocinha, precisa que a gente tome conta dela. Ela me ajuda muito com os pequeno, mas já tá ficando de cabeça virada, também. Quer ir pro baile, quer ir pra praia com as coleguinhas... Tadinha, a bichinha só desce pra ir pro colégio e volta pra cuidar da casa e dos irmão. Hoje que eu ia deixar ela ir pro baile um pouquinho, eu tive que sair atrás desse desgraçado desse menino, Deus que me perdoe. Êta vida ardida, minha nossa senhora.

Ô, seu João, sinhô viu o Dinho? Descendo? Com quem? Da dona Estela? Agora o sinhô vê, depois de um dia de luta, vô eu ficar correndo atrás desse menino. Ele nunca passou tanto tempo assim sumido, tá na rua desde ontem à noite e já vai dar oito horas da noite, já vai começar o repórte e esse menino num aparece. Brigado seu João, vô andando pra ver se acho logo. Mas se ele tiver no meio dos caras, de novo, ele vai apanhar na frente de todo mundo. Mas vô bater até cansar. Ele hoje indireita ou intorta de vez. Deixa ele!

O quê? Onde? Que moça é essa? Pintando o quê, menina? Quadro, quadro de quê? É da associação? Não? Tem muita gente vendo? Você viu se o Dinho tá por lá? Brigado minha filha, vô dá uma olhada.

Nossa, que criançada! Quem é essa moça, é artista? Que coisa bonita, né? Tinha que ter alguém pra ensinar as criança daqui a fazer essa coisa. Deixa eu ir, minha filha, tô procurando o meu mais velho, num é de hoje. Ainda vô fazer janta, e sete horas da matina já tenho que tá na casa da madame, com o café na mesa. Pode, uma vida dessa? Olha que bonito aquele quadro ali, com aquelas flor nos dedo. É coisa de Deus mermo, né, nascer com um dom desse, né? Os cabelo dela parece até

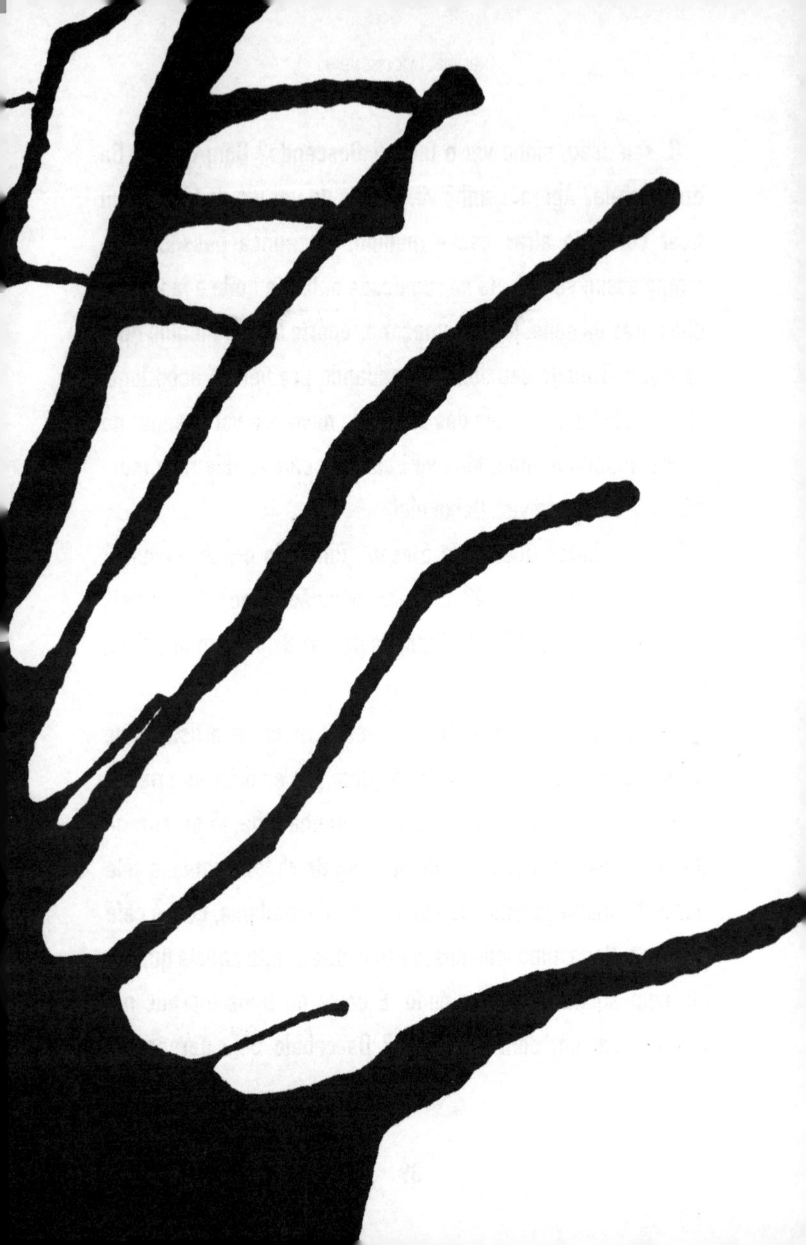

aquele macarrão, cabelim de anjo, né? Ai, ai, dêxa eu andar. Ah, peraí, deixa eu perguntar ao Cuscuz. Não, né? Brigado.

Mas se eu tiver que descer essas escada toda e ele tiver de papo na esquina... mas é hoje que o pau vai cantar direitim no lombo dele, e num vai descer mais, tão cedo. Agora vai ser do jeito que eu quiser. Meu Deus, todo lugar que eu vô tá essa moça pintando, será que é a merma? É ela sim, com o cabelim de anjo dela. Ih, ela fez o Cuscuz. Que bonito! A favela ficou parecendo um lugar bonito com essas cor toda, tão bonitas. T'aí, vai ver até que a moça tá precisando de alguém pra ajudar ela, né? Essa gente tem sempre um lugar pra trabalhar com essas coisa, de repente precisa de um boy, ele num podia tá por aqui? Olha só, o filho da Ivete, já tá lá ajudando a moça. A vida é assim, tem que correr atrás, só aquele pamonha que num pensa em nada de bom nessa vida. Pra onde tão levando a moça dos quadro? Pra Vigário? Por quê? O que houve? Será? Essa gente inventa muito. Você num viu o Dinho, não? Será que esse menino tá lá, vendo essa desgraça toda, meu Deus?! Olha, se você vê ele por lá, diz pra vim embora agora, eu num güento mais andar, não. Minhas perna tão ardendo. Olha os meus pé como tão inchado? O neném? Daqui a cinco semanas. É, tá enorme, né!? Roupa nenhuma dá em mim mais, só esse vestido amarelo que a minha cumadre trouxe da casa da patroa dela e que eu uso pra ir trabalhar. Normal, todos eles foi normal. Eu, graças a Deus, me pego com Nossa Senhora do Bom Parto. Eu sofro com filho é depois de parido, mas pra nascer num tenho problema nenhum, e fico na luta até o último minuto, trabalho sempre os nove meses. Tá bem, dá lembrança a sua mãe. Vô olhar só mais ali e vô voltar pra casa porque também num quero deixar minha menina lá em cima sozinha com os pequeno, tá todo mundo muito agitado, hoje. Té logo, minha filha.

Vocês tão me procurando? Pra quê? Vocês encontraram o Dinho? Tá onde? Fala menino! O que houve? Nossa, por que tá todo mundo correndo? O que é que foi? Fala! Valha-me minha Nossa Senhora! Já tô ficando até maluca, parece que tá todo mundo me olhando. O quê? Quantos? Meu Deus, essa gente toda? Esse povo aumenta muito. Você viu quantos? Tão trazendo os corpo pra praça? Quem foi? Os home? São uns desgraçados, mermo. Tá vendo porque eu num quero esse menino solto na rua o tempo todo?! Eles num querem saber quem é, e quem num é. Pra eles todo mundo aqui é bandido. Que arruaça!

Aposto como esse menino tá lá vendo essas coisa, aposto. Ele tem que tá sempre metido no meio de confusão.

Meu Deus, já tô muito cansada mermo, já tô até vendo coisa, continuo achando que tá todo mundo olhando pra mim. Eu hein... Meu Deus, quanta gente chorando, quanta tristeza. Deus num mora mermo nesse lugar, parece até praga. Bem, já tô em frente a Vigário mermo, vô lá vê se esse menino tá lá, senão ele vai ficar aqui até a hora de sair o ônibus pros enterro. Será que as família vai ter dinheiro pra enterrar essa gente? Mas a Boca dá, pra isso eles servem. Ô, meu filho, você viu o Dinho? Ô, menino, tá me ouvindo? Sabe se ele tá lá dentro de Vigário? Ô, menino, tô falando com você!? Esse mal educado desse menino fingiu que num me ouviu ou tá surdo. Sei não, mas acho que ele correu pra não me responder.

Meu Deus, há quanto tempo eu num vinha aqui dentro, tinha que vim hoje, nessa confusão, e com tanta tristeza? É só isso que esse menino me arruma. Mas pelo tanto que eu já andei, também, ele pode até já tá em casa. Mas já tô aqui, vô até lá. Quem? O Paulo da Marina? Meu Deus, mas esse menino num era trabalhador? Tava na birosca? Morreu dis costa? Crê em Deus pai! Olha como fiquei arrepiada. Nossa, agora me arrepiou o corpo todo. Tá me dando um calafrio... Essa gente artista é doida mermo. Num é que a moça dos quadro já chegou aqui, também! Num sei como num tem medo. Eu chego tá com minhas perna tremendo. Credo em cruz! A mulé num pintou os morto!? Que coisa mais triste, esse monte de defunto ensangüentado... Essa mulé deve ser doida.

Ué, é a madrinha do Dinho que tá ali. Maria José, ô Maria José, pára com esse desespero, mulé. Parece até que é a primeira vez que você vê essas coisa, mulé, tá ficando mole? Por quê? Não, eu tô bem, eu vô lá, sim. Tô procurando seu afilhado, tá fora de casa desde ontem à noite, agora deu pra isso. Cê besta mulé! Pára de me segurar, eu vô lá, sim. Quê isso? Num posso por quê? Tão muito feio? Eu num vô chegar muito perto, não. Não, vô sim. Ué, aquela num é a menina que disseram que tava namorando o Dinho? Nossa, ia perguntar se ela viu ele, mas num vô nem chegar perto. Como ela tá gritando. Vai vê já tava envolvida com algum deles, e de fogo no rabo com o Dinho. Coitada, de repente tem até alguém da família dela no meio. Disseram que mataram um monte de trabalhador no meio. Bandido sabe se virar, num dá esses mole, não.

O que foi menina??!! Onde? Com quem? Fala direito, menina? Que é isso gente, Deus é mais! Que é isso, menina, você tá doida?

Meu filho é uma criança, pára com isso. Sai da minha frente, gente. Me deixa, pelo amor de Deus, me deixa passar. Deixa eu ir lá pra mostrar pra vocês que vocês tão doido. Não! Me deixa passar! Sai da minha frente, merda! Lurdes, pelo amor de Deus, diz que é mentira, me socorre meu Deus! Me larga, gente, deixa eu passar pra procurar meu filho, eu tô bem, me laaaaaaarga! Minha vista, minha vista tá escurecendo, minha barriga tá doendo, me socorre pelo amor de De...

CENAS
Esmeralda Ribeiro

(Vou tatuar você, querido... Isso, chora, grita, esperneia. Eu adoro vocês, meus meninos. Uma pena que as suas mãozinhas estejam amarradas. Você me sentiria... Isso, grita, chora, esperneia. Vou... ah, hmm...!)

* * *

Cena Um

No gravador a música toca repetidas vezes:
"...vem cá, Luiza/me dá a tua mão/que o teu desejo..."
NO QUARTO: Ayná e Alexandre, nus, estão deitados na cama. Apesar do sol lá fora, o pequeno ambiente está na penumbra. Gemem, respirações ofegantes.
 — Ah, meu preto, agora você por cima.
 — Hmm, minha preta gostosa, quero que você me sinta. Ah...
Depois ouvem-se sussurros e a voz cristalina de Ayná:
 — O mundo escutou nossos gritos, pretinho. Eu quero de no...

O ruído do telefone a interrompe.

— Você vai assim, nua, atender?

Um armário branco de duas faces divide o quarto e a sala. Há um sofá próximo ao telefone. No canto direito existe um alguidar, com uma pedra preta rugosa e em volta está cheio de pipocas. O sol não invade a sala, e Ayná acende o abajur perto do telefone. Depois de atender à chamada, ela corre para o quarto:

— Era o investigador Ozéas, do Disque-Violência. Hoje de manhã ele recebeu um chamado de um pai que encontrou o filho de oito anos de idade. O menino estava desaparecido desde ontem.

— Ótimo, mas você não parece feliz.

— Esse pai que ligou disse que o filho foi achado dormindo na porta de casa. Tinha a cabeça coberta com véus marrom, azul e branco. Quando o pai os tirou, viu tatuagens no queixo e no rosto do menino.

— Já sei. Você acha que isso dá uma história para a sua revista.

— Sim, porém terei que investigar.

— Ayná, fique fora disso, temo que possa acontecer alguma coisa com você, amor. Você também já sofreu violência quando era criança.

— É verdade, mas eu tenho que superar isso.

Ela beijou-o no rosto, tomou uma ducha rápida, vestiu-se e amarrou os volumosos cachos compridos com uma fita. Quando surgiu na sala estava linda.

— Tchau. O Ozéas pediu que eu atendesse alguns telefonemas no Disque-Violência até ele chegar. Vem, me dá um beijo de língua, meu pretinho gostoso, sentirei muita saudade. Hummm.

Ayná trabalhava como jornalista *freelancer* e colaborava com uma revista literária. O Disque-Violência era a fonte em que colhia o material para as suas histórias. Em troca, ela passava lá algumas horas, atendendo aos telefonemas. Aquele caso dos meninos com véus poderia dar um bom impulso em sua carreira, ela que sempre perdia espaço para as jornalistas brancas. Mas o coração pulsava com temor. E se fizesse algo errado? E o Alexandre? Poderia contar com seu apoio?

* * *

Cena Dois
(Diálogo telefônico entre Ayná e uma desconhecida)

— Alô, é do Disque-Violência?

— Sim, pode falar.

— É sobre o caso dos meninos cobertos com véus. Eu passava por perto de um matagal e vi uma criança sendo arrastada pelos braços.

— Tinha véus sobre o rosto?

— Sim.

— Onde? Quando?

— Há dias. O local era ali próximo, próximo...

— Ali próximo do quê?

— Agora não me lembro, foi a primeira vez que passei por ali.

— Quem arrastava era homem ou mulher?

— Mulher, uma nissei, de estatura baixa. Usava três lencinhos amarrados no pescoço: marrom, azul e branco. Ela colocou a criança deitada dentro de um carro.

— Qual era a marca e número da placa do carro?

— Não sei.

— Como não sabe!?

— Não sei. O que eu vi foi com os olhos da alma, não do rosto.

— Isso é um trote? Alô?

Pampampampampam...

— Vai, telefone, colabora. Só dá sinal de ocupado. Vou localizar esta chamada. Ah, finalmente. Alô?

— Sim.

— Chame a sua mulher, por favor. Falei com ela agora. Diga que é do Disque-Violência.

— Ah, minha irmã? O que aconteceu?

— Ela ligou dizendo que viu uma criança coberta com véus sendo arrastada pelos braços por uma nissei.

— Mas... Senhora, minha irmã não podia ver nada. Ela é cega!!!

— Que merda, hem!?!

Ayná estava com uma expressão chateada quando Ozéas chegou. Chamou-a repetidas vezes.

— Ayná, você está com a cabeça no mundo da lua?

Ela relatou a conversa telefônica com a desconhecida.

— Você vai dar bola para o que disse essa ceguinha?

— Engraçado, Ozéas, ela falou que viu a nissei com os olhos da alma.

— Esqueça. Mas vou te confessar uma coisa, eu não gosto de japonês. Digo isto porque já fui casado com uma japonesa. São um bando de vermes...

— Então, o que você acha dos negros, Ozéas?

— Você é diferente. Os outros pretos? Esses são sempre suspeitos. Ha! Ha! Ha!

Ayná teve vontade de esbofetear o investigador, mas conteve-se.

— Ozéas, seu racista, me passe o endereço desse garoto que foi encontrado hoje. É o sétimo, não é? Você tem o endereço das outras vítimas? Não olhe com essa cara de espanto, só vou colher dados.

— Vá com calma, mocinha. Você é apenas uma jornalista. Eu sei que você sobrevive de histórias reais, mas eu serei o responsável se lhe acontecer alguma coisa. Os outros seis garotos sumiram sem deixar vestígios.

Nesse momento outro investigador entrou na sala. Dirigiu-se a Ozéas com um retrato falado nas mãos.

— É sobre o caso dos meninos com véus — disse.

Ayná adiantou-se e pegou o retrato. Era de uma menina. Ozéas apertou os braços de Ayná e ela começou a ficar assustada.

— Você quer informações, não é? Está bem. Vou te dar o endereço. Quer mais? Sabemos que as vítimas são atacadas às segundas-feiras, em parques diferentes. Hoje é terça-feira. Você terá que correr contra o tempo. E acho bom você tomar cuidado.

Ayná viu Ozéas guardar o retrato num arquivo e teve uma idéia.

* * *

À tarde, Ayná, que não conhecia a periferia da Zona Leste, teve certa dificuldade para encontrar a casa dos pais do garoto tatuado. Passou por uma feira livre e resolveu pedir informações. Espantou-se com a quantidade de nisseis vendendo doces, frutas, verduras. A maioria vestia roupas azuis, mas uma mulher com defeitos nas mãos usava bonitos véus no pescoço. Ela simpatizou com a mulher e perguntou sobre o endereço que procurava.

— Não conheço nada por aqui. Pergunte a ela — e apontou para a mocinha, também nissei, que trabalhava com ela na barraca. A menina parecia raivosa. Questionou:

— Por que você quer ir lá? — antes que a jornalista respondesse, continuou: — Lá é muito perigoso. E você sabe, quem brinca com fogo, se queima.

A mocinha acabou ensinando a jornalista. Chegando à casa do menino, Ayná foi proibida de ver seu rosto. Ele estava com uma touca de motoqueiro. Os pais, cada um de um lado, vigiavam o filho. O garoto era comunicativo e contou à jornalista que uma menina ficava sentada na porta da escola dele. Ela era legal, dava-lhe doces e conversava bastante com ele. Falou que se fosse com ela mostraria brinquedos japoneses fantásticos.

A jornalista resolveu arriscar. Abriu a bolsa e tirou de lá uma cópia do retrato-falado. O menino arregalou os olhos:

— É ela. Ontem eu e ela andamos pelo Parque do Carmo, o parque que fica na periferia da Zona Leste, lá onde meu pai me leva para brincar. A menina me deu refrigerante, bebi e fiquei tonto. Só ouvia uma voz de mulher dizer: "Vovó não pode enxergar, vovó não pode falar".

— Você não viu o rosto dela? Não saberia reconhecê-la?

— Não — o garoto respondeu e Ayná desanimou. No entanto, o garoto prosseguiu: — A voz dela parece a voz de uma japonesa que vende docinhos ali na feira.

Quando Ayná chegou à feira, não havia mais ninguém. Ela xingou bastante, o tempo estava contra ela.

* * *

Cena Três

Quarta-feira. O dia começou mal para Ayná. A luz acabou de madrugada e o rádio-relógio não despertou bem cedo, como ela havia planejado. Acordou eram 11 horas da manhã. Passou na redação da revista. Teve que atravessar a Praça Princesa Isabel. Os moradores de rua estavam ali deitados na calçada, apesar do intenso movimento de pedestres. Ayná viu algumas meninas e teve um pressentimento. Recordou-se do que a cega tinha dito: "Eu vi com os olhos da alma". Encontrou uma menina que cobrou uma grana para lhe passar informações. Ayná lhe mostrou o retrato-falado e perguntou:

— Você conhece esta garota?
— Sim, tia, é a Carminha.
— Onde posso encontrá-la?
— Apagaram ela na terça-feira de noite. Dizem que foi um matador. Ela, pra fumar *crack*, andou se envolvendo com um pessoal estranho.
— Como, estranho?
— Ela queria os garotinhos pra barbarizar eles.
— A Carminha?

— Não, a nissei.

— Você a conhece? Sabe quem está trabalhando agora para ela?

— Tia, eu não quis entrar nesse negócio, prefiro me virar de outra forma. E aqui ninguém conta nada. Todo mundo tem medo. Aqui na rua é fogo. Sabe que eles querem sempre estuprar a gente? A senhora já foi estuprada? Tia, por que tem tanta gente ruim no mundo?

* * *

Cena Quatro

Quinta-feira cedo. Ayná tomava o seu café tranqüilamente, pensando nas conversas e andanças dos dias anteriores. De repente deu um pulo da cadeira, derrubando o leite na toalha da mesa. Levou as duas mãos à cabeça e pensou: "Como pude ser tão burra? Agora eu me lembro dos lencinhos mencionados pela cega ao telefone".

A jornalista vestiu-se rapidamente e conseguiu por telefone uma relação de endereços de feiras livres no bairro em que morava o garoto que fora visitar. Dirigindo seu carro, no caminho ainda questionava a validade de seus atos. Estaria sendo idiota? "A testemunha era cega", pensava. "Ou não era?"

Teve sorte. Na primeira feira que percorreu encontrou a barraquinha da nissei para quem havia perguntado o endereço do garoto. Comprou alguns doces e comeu ali mesmo, observando as mãos defeituosas da mulher. Ela usava os lenços no pescoço mas Ayná se perguntava se uma mulher com tais defeitos conseguiria tatuar alguém. Ela agiria sozinha? Ayná estaria equivocada? Por que acreditaria numa cega? A moça que ajudava a mulher olhava Ayná de cima a baixo.

— Mais doces? — perguntou, com uma expressão desconfiada.

Ayná resolveu afastar-se, mas ficou de campana até a feira acabar. Seguiu as vendedoras. Era a mocinha quem dirigia e ela deixou o carro e a mulher num sobrado. Então pegou um ônibus e desceu uns três pontos depois. Ayná viu quando ela entrou numa escola de desenho, aí a jornalista voltou para o local onde a outra mulher tinha ficado. Conversando com a vizinhança soube que o nome dela era Luiza Harumi e vivia em companhia da avó, que tinha ficado cega e muda em consequência de diabetes e derrame. Ayná lembrou-se da outra cega: "E eu vi com os olhos da alma". Naquele instante, foi como se Ayná visse tudo: a imagem de Ozéas, da menina de rua e da Carminha. Sentiu um arrepio percorrer-lhe o corpo. Para ela, a investigação tinha terminado.

* * *

Cena Cinco

Na sexta-feira Ayná procurou Ozéas. Contou-lhe a conversa com o garoto tatuado, com a menina de rua e a descoberta da possível culpada. O investigador tentou, mas só teria alguém da equipe para acompanhá-lo no domingo. A jornalista ficou atendendo aos telefonemas e era noite quando chegou em casa. Ficou surpresa: deparou-se com o Alexandre deitado na cama.

— Ayná, tenho ligado há vários dias para o seu celular e lá para o Disque-Violência. Onde você esteve?

— Ah, meu amor, tenho procurado casos reais para escrever a história. Querido, estou tão cansada...

Eles iam beijar-se quando ouvem o trim trim do telefone. Ayná atendeu quase sussurrando:

— Alô? É ela. Agora não posso falar. Te ligo. Tchau.

Alexandre encarou-a por alguns minutos e depois levantou-se para ir tomar café na sala. Quando voltou para o quarto, Ayná já dormia profundamente.

* * *

Cena Seis

Sábado: Ayná tirou o dia para rabiscar a história dos meninos cobertos com véus. Mas como seria o final? Ficou ansiosa para que o dia passasse logo.

* * *

Cena Sete

Domingo cedo estava garoando e fazendo muito frio. Ayná e Ozéas pararam a uns 50 metros da casa de Luiza Harumi. Não conseguiram a companhia de outro investigador mas foram mesmo assim. Logo que desceram do carro, Alexandre chegou.

A jornalista fez uma cara de espanto:

— Alê, mas como?

— Querida, estava desconfiado que você estivesse com outro.

— Filho da mãe, andou me seguindo.

Do lado de fora da casa, via-se uma cortina transparente na sacada. A porta estava aberta e eles foram invadindo. Ao entrar, depararam uma senhora cega tomando café. Eles perguntaram por Luiza Harumi, mas a mulher não respondeu. Eles caminharam até a sala. A nissei estava com um xale enrolado no pescoço, sentada no sofá, escutando uma música com o fone de ouvido. Tirou-o.

— A senhora é a Luiza Harumi? — perguntou Ozéas.

— Sim.

— Sou o investigador Ozéas, do Disque-Violência. Temos algumas perguntas para lhe fazer. A senhora é suspeita de ter tatuado sete meninos, além de ter aliciado meninas de rua e se envolvido com matadores.

— Talvez o senhor esteja falando da minha irmã, a Erika. Ela não mora mais aqui. — Dirigiu-se a Ayná: — Você a conhece da feira. Posso contar um pouco da sua história — usando com dificuldade o controle remoto, desligou o *stereo* e começou a falar.

— Ela sofreu muito, quando morou na chácara com os nossos pais. O pai, aquele ordinário, asqueroso, a violentou quando ela tinha oito anos de idade. Ele deixou marcas no pescoço dela. Um dia minha irmã teve coragem e contou tudo para a nossa mãe, mas ela disse que a Erika era uma mentirosa. Ele continuou estuprando minha irmã.

Ozéas interrompeu-a:

— Seu pai não tentou abusar de você também?

— Não, eu morava com uma tia no interior de São Paulo.

— Que mais a senhora sabe? — Ayná perguntou.

— Sei que ela contrata as meninas de rua, que nunca viram o rosto da minha irmã, porque ela usa uma máscara japonesa.

— Ela é sua irmã, não é? Por que a senhora está nos contando tudo isso? — Ayná olhou-a com desconfiança.

— Oh, ela foi violentada, mas o que ela faz é horroroso. Ela fica nua da cintura para baixo e se masturba, coloca as mãozinhas dos meninos em seu sexo, porém em seguida sente muito ódio e, para puni-los, usa uma máquina de tatuagem, numa bateria, e faz os desenhos.

Ozéas a interrompeu novamente:

— A senhora age junto com a sua irmã?

A nissei fixou os olhos no chão e disse:

— Um dia ela me obrigou a assistir a tudo isso. Temos medo dela. Depois do estupro tem feito coisas, dizendo que uma voz manda ela fazer. Investigador, olha bem para mim, como poderia ajudá-la, se sou assim toda torta?

Ozéas calou-se. Ayná aproveitou o silêncio:

— Está um cheiro de gás — disse, mas não obteve nenhuma resposta.

— Dona Luiza, a senhora mencionou que seu pai havia deixado marcas no pescoço de sua irmã? — interpelou Ozéas.

— Foi. Um pênis enorme entrando dentro de uma vagina. Nos meninos ela faz os mesmos desenhos.

Ayná ficou emudecida. A jornalista compreendeu por que os pais do garoto marcado resguardavam em excesso o filho. Olhou atentamente para a nissei e perguntou:

— Mas... Luiza, por que você usa esses três lencinhos no pescoço? Está escondendo algo?

Não seriam a Erika e a Luiza a mesma pessoa?

A nissei olhou com ódio para Ayná, que estava a seu lado:

— Moça, respeite meu sofrimento. Veja este meu defeito. Olhe para a minha avó cega e muda — depois virou-se para Ozéas, chorando: — Ela também é investigadora? Vocês invadiram a minha casa sem nenhum mandado judicial e me acusam de ter praticado esses atos.

O investigador repreendeu duramente Ayná, dizendo-lhe, entre outras coisas, que quem interrogava era ele. A jornalista quis dizer-lhe que estava sendo enganado. Mas como falar o que ela só podia sentir? Também já sofrera muito com a violência quando criança. Mas aprendera. Agora queria superar tudo. Sabia que a criança e a mulher tinham de passar por cima do medo e procurar ajuda.

— Onde está sua irmã? — Alexandre perguntou à nissei. Ele tinha ido dar uma geral na casa e verificara que ninguém poderia se esconder ali ou sair sem ser visto.

— Ela foi embora ontem para uma longa viagem. Mas já chega por hoje, eu e a minha avó queremos descansar.

Na porta, Ozéas a avisou:

— Nós vigiaremos vocês 24 horas.

Quando Ayná, Ozéas e Alexandre saíram de dentro da casa, a nissei colocou a música no último volume: "Vem cá Luiza/ me dá a tua mão/ que o teu desejo..." Eles caminhavam para os seus carros. Ayná, virando-se para entrar no carro do Alexandre, viu na sacada a sombra da avó e de Luiza, dançando juntas. As mãos de Harumi eram perfeitas. Tomado pelo acesso de raiva, Ozéas voltava para acabar com a vida da psicopata. Não deu dois passos, ouviram uma explosão vinda de dentro da casa. Os três entraram rapidamente em seus carros e a uns 100 metros saíram dos veículos para assistir às enormes bolas de fogo tragando o ar. Antes de seguirem em frente, Ozéas desejou:

— Que ardam para sempre no inferno, vermes nipônicos.

Ayná deu-lhe um tapa no rosto.

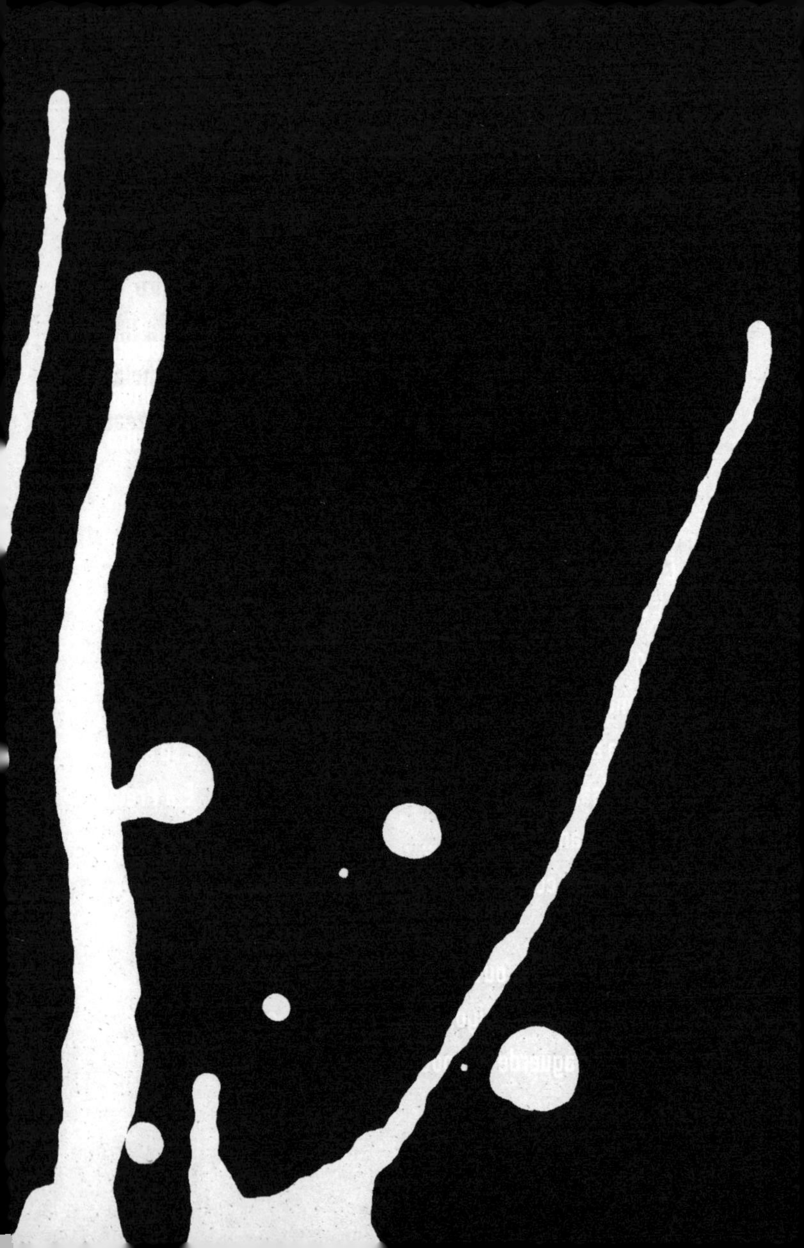

DESENGANOS
Márcio Barbosa

Benedito da Silva, ao entrar num *shopping* para resolver um assunto importante, parou numa loja de artigos femininos. Escolheu algumas roupas, ia pagar quando o homem do outro lado do balcão perguntou:

— O cheque é seu?

"É da minha avó", quis dizer. Sempre perguntavam aquilo.

— É — respondeu.

— E o telefone do seu emprego?

Enquanto o homem pegava o cheque e ia telefonar, Benedito olhou para as roupas em cima do balcão. Caríssimas. E se simplesmente saísse com elas? Não... Ele podia pagar... E a Preta merecia. Um ano de namoro...

— Ninguém o conhece lá — o homem disse quando voltou.

— Como?

— Ninguém jamais ouviu falar do senhor.

— Tá certo, então, amigo. Vou comprar em outra loja.

— O senhor aguarde um pouco.

— Aguardar o quê?

O homem, cínico, olhou para a porta, por onde entravam dois seguranças usando ternos impecáveis. Um deles, o mais baixo, de bigodes, estendeu um queixo acusador e ordenou:

— O senhor queira nos acompanhar.

— Isto é um erro muito grande! — disse Benedito, espantado.

— Por favor, não complique as coisas.

Levaram-no — perplexo e emudecido — rapidamente para uma sala nos subterrâneos. Benedito, sentado numa das duas cadeiras, imaginava se não fora um equívoco ter decidido por aquele *shopping*. O segurança bigodudo, por detrás de uma mesa, balançou o cheque.

— Temos um problema aqui — falou. — É melhor o senhor dizer de quem é isto.

Benedito achou aquilo uma humilhação, um absurdo.

— Vocês não vêem — disse, sem poder conter a exaltação — que é tudo um engano? Merda...

— Veja como fala.

— Falo do jeito que eu quiser — Benedito gritou.

O bigodudo cerrou os punhos e inflou o peito. Parecia feito de aço. O outro homem, o careca, que estivera em pé, quieto, interferiu:

— Calma, bigode, vamos devagar — virou-se para Benedito: — Pode ser que seja um engano, mas tem um pessoal lá em cima que não vai pensar assim. Por isso, não seja arrogante.

— Então, eu vou lhes dizer uma coisa...

— Diga de quem é o cheque — ordenou o bigodudo.

— Da tua avó.

— Preto filho da mãe.

Aquilo foi mais forte que um soco.

— Porra, bigode! — o careca contraíra os músculos do pescoço e seu nariz quase encostava na cabeça do outro.

— Então, é isso — Benedito conseguiu murmurar.

O careca acendeu um cigarro e falou numa voz macia:

— O meu companheiro se exaltou. Não é isso o que ele pensa, não é, bigode?

O outro encostara a cadeira na parede e não falou nada.

— Olha bem pra mim — o careca ordenou. — Eu sou negro também...

— Porra nenhuma — era o bigode que cuspia no chão.

— Sou mulato. E nunca tive problemas por aqui. Mas o senhor vai compreender... A supervisão lá em cima está nos cobrando. Vem um chefe novo aí e eles querem mostrar serviço...

— Meto um processo em cima dos dois...

O bigodudo cuspiu no chão outra vez.

— Você não tem onde cair morto. Quem sabe a gente não seja promovido se te der uma lição? É isso aí, neguinho, promovidos...

— Cala a boca — o careca inflamou-se. Depois colocou a mão no ombro de Benedito. — Só irão deixá-lo sair se provar sua inocência. Compreenda, o novo chefe...

Benedito levantou-se, sentia na boca o gosto de algo azedo. Encarou o bigodudo. Seu rosto iluminou-se.

— Eu não sei do que vocês estão me acusando.

Na verdade, sabia. No fundo, acusavam-no por estar ali — um local que supostamente não era para ele, por consumir em lojas que não eram para ele, por ser atendido por pessoas que não eram iguais a ele.

— Parei naquela loja por acaso. Dei o telefone do meu antigo emprego — argumentou. — Talvez tenha errado algum número.

— Antigo? Quer dizer que o malandro não trabalha?

— Vim aqui para isso. Assinar a ficha do meu novo emprego.

Os dois homens se olharam, surpresos.

— Aqui, no *shopping*?

— Era o que eu tentava dizer. Vou trabalhar na segurança.

Dizem que está violenta. Chamaram-me há uma semana... para ocupar a chefia...

O careca deixou cair o cigarro. O bigodudo pensou que a promoção não viria. E Benedito lembrou-se da Preta. Sentiu ternura e, pensando que algumas coisas por ali seriam mudadas, respirou aliviado.

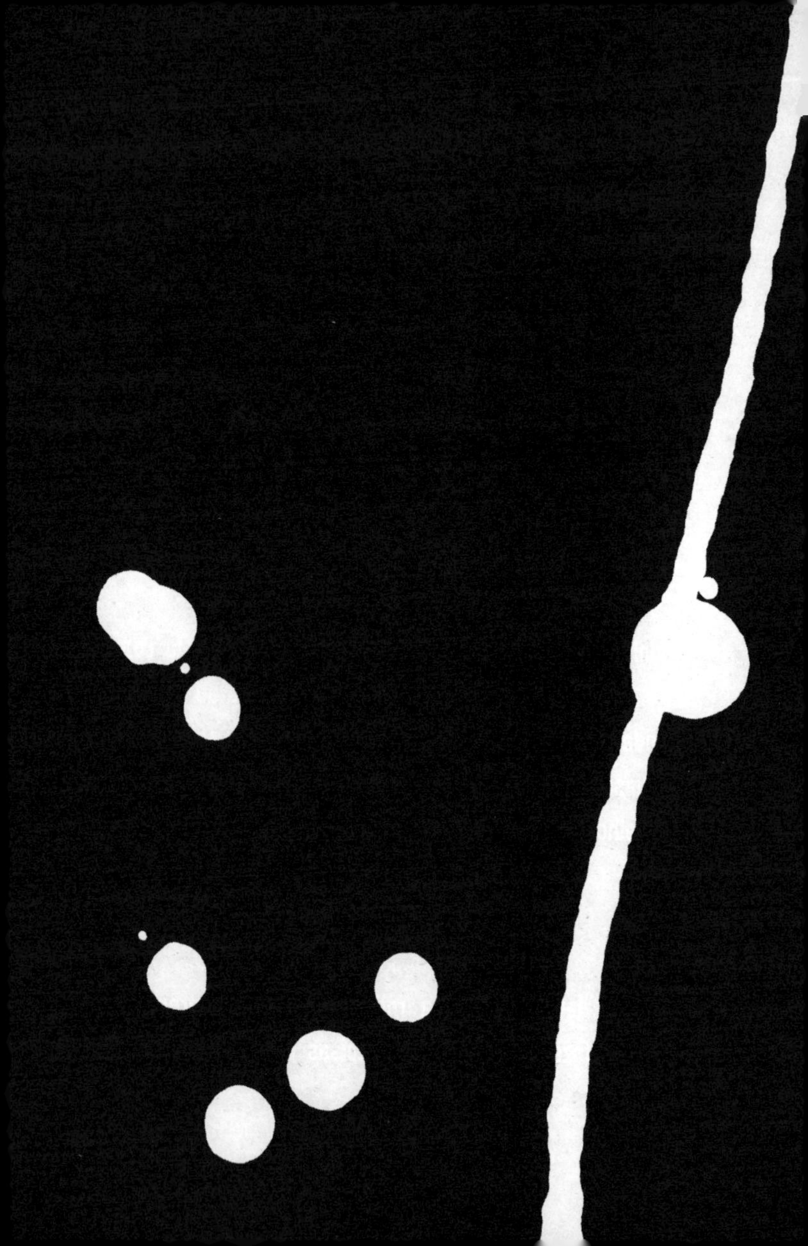

DE QUANDO MATARAM O TEMPO
Eduardo H. P. de Oliveira

A pequena chama era um termômetro da já frágil relação entre corpo e alma. Suas oscilações pareciam denunciar a dúvida. Um breve momento em que vacilamos entre um secreto desejo de imortalidade e a necessidade de paz.

Sem mais resistir, Maria esboçou um leve sorriso. As mãos tentaram transmitir um último calor.

— Já te contei sobre o dia que mataram o Tempo?

Aninha não conteve o soluçar. Entendia a pergunta como uma mensagem, que só a intimidade construída ao longo de sua vida com a querida Maria podia preencher de sentidos.

O quase dizer das mãos silenciou. Ela não teve coragem de ver os olhos se encherem de paz.

I

Bastiana levantou com a rotina de domingo pronta na cabeça. O fazer automático das coisas que os anos fazem questão de esconder. A luz do dia ainda não tinha força. A lamparina de querosene vibrava a luz fraca amarela com contornos pretos, quando ela abriu as janelas e recebeu o ar gelado no rosto. Não precisou esvaziar o urinol posto logo embaixo da cama. Saiu do quarto, lamparina na mão, para preparar a lenha no fogão e colocar água para esquentar.

O leite ordenhado sobre a mesa, o queijo fresco e o café já moído. O toco de carvão molhado de dendê para ajudar a acender o fogo mostrava que José já havia preparado tudo antes de o galo cantar e o domingo despertar preguiçosamente. Bastiana pegou o vaso de leite sobre a mesa, pensando em fervê-lo. Levantou o jarro com as duas mãos, junto ao corpo, quando sua energia se esvaiu num grito.

José demorou um pouco. Encontrou a mulher estática, pálida e trêmula. Não conseguia tirar dela palavra alguma. A fumaça com cheiro de dendê se movia lenta por toda a cozinha. Apoiada sobre a mesa, Bastiana tentava falar mas não conseguia. Preocupado, José trouxe a moringa e uma caneca de madeira.

— Aconteceu alguma coisa com minha mãe — disse ela após dois rápidos goles.

— Por que a lá diz isso?

— José, eu vi. Vi minha mãe parada bem ali, na porta.

II

Aninha deixou o quarto como quem abandona um país cheio de esperança de que a viagem lhe tirará uma vida inteira das costas, língua, parentes, tudo. Mas as velhas sentadas na sala abortaram sua viagem. À primeira que se aproximou fez um gesto positivo com a cabeça, todas iniciaram um choro que mais parecia uma ladainha. Olhou para fora com um tímido sorriso no canto da boca, imaginando as palavras de Maria sobre as "velhas coveiras". Deu-se conta de que o domingo já estava claro, não havia percebido o tempo passar. Ficou toda a noite ao lado daquela que era amiga, mãe, professora, médica, sem que sentisse o arrastar do tempo. Tinha vergonha de seu desejo egoísta de querer Maria, a africana, de volta, ali do seu lado olhando a paisagem e contando alguma magnífica história de sua vida e daqueles que passaram por ela.

Do rio distante, veio a lembrança de um de seus ensinamentos:

"Nossas vidas são como o rio", lhe disse um dia Maria. "Às vezes elas correm em paralelo, às vezes se cruzam e às vezes se misturam. O mais importante, minha filha, é deixar as águas andarem até que cheguem no mar, porque é de lá que viemos e é por lá que todos nós iremos voltar um dia."

O menino João sentou ao lado de Aninha na varanda. Ficou em silêncio mirando a paisagem, como se pudesse compartilhar com ela seus pensamentos.

— Minha avó morreu, tia?

— Foi sim, querido. Vó Maria foi para junto da família dela.

— Mas a família dela não tá na África, lá do outro lado da praia?

— Tá sim. Agossi iovô gboje agontime!

— O que, tia?

— Nada, filho. O nome de sua avó foi tirado de uma frase que diz: "O macaco voltou do país dos brancos e agora vive nos campos de abacaxi".

— E quando nós vamos lá visitar ela?

— Ela acha que um dia todos iremos lá, ficar junto dela. Mas antes disso, nós iremos lá visitar.

Aidê, mãe de João, disse a Aninha que o padre havia sido chamado e que todas as mulheres iriam rezar o terço. Aninha não gostou da idéia, mas sabia que pouco podia naquela situação. Não via sentido em rezar para os santos de uma Igreja que sempre renegou a africana e sua sabedoria. Agora, como urubus vestidos de pretos, vinham todos velar o corpo, numa vingança final.

Resolveu andar até o rio, preferia continuar mergulhada nas lembranças de tudo aquilo que ouvira de Maria.

Ouviu muito. Por anos escutou história de intrigas familiares, palácios, mulheres poderosas, venenos, sofrimentos e de deuses que eram capazes de amar, lutar por seus interesses e defender seus fiéis, como as pessoas.

As lembranças vinham todas juntas. Pedaços de imagens que ela construiu, ouvindo, imaginando e dando, por conta própria, rostos e ambientes para cada história.

O sol estava tímido, tentando vencer as nuvens e se impor soberano. Na pequena estrada de pó vermelho, que saía da porteira principal, Aninha lembrou-se das últimas palavras de Maria. Caminhou até a pedra da mina, na margem direita do caminho, e voltou o olhar para a porteira. "Deve ser aqui", pensou. Andou até o meio da estrada e fitou os dois sentidos. "Aqui ficava o Tempo", pensou, tocando a terra.

III

Sua memória lhe contou toda a história. Era uma manhã de sábado, quando Mercedes entrou na casa de Maria aos berros:

"Iá, Iá, a senhora tem que ir lá na fazenda de seu Antônio correndo, lá!"

"O que houve, Mercês, por que toda essa afobação, menina?"

"Iá, seu Antônio mandou botar uns seis ou oito no tronco. Disse que vai botar todo mundo se não for atendido."

"Mas o que é isso, ele nunca foi de pôr preto nenhum nos ferros. O que tá acontecendo?"

"Ninguém quis obedecer ao homem. Ele mandou o João e um bando cortar a árvore, para fazer a estrada até a porta da fazenda, ninguém quis cortar e ele pôs tudo no ferro."

"Mas que árvore, por que o João se recusou, menina, fala logo!"

"Iá, seu Antônio mandou cortar a árvore que dá pra porteira, a gameleira. O João disse que ele devia passar a estrada pelo lado, que não podia cortar aquela árvore."

Maria nem ouviu mais nada. Partiu correndo para a fazenda de seu Antônio. O português era amável com ela, ouvia seus conselhos e ela tinha esperança de que conseguiria mudar a situação. Apesar de respeitar a africana, depois que esta salvou a vida de sua filha, Aninha, o português não gostava das crendices daquela gente. Achava tudo um bando de superstição.

Aninha tinha quatro anos, quando sua mãe perdeu as esperanças de ver a filha viva. Durante uma semana inteira a menina ardeu em febre, sem que o médico da cidade conseguisse fazê-la reagir. Com placas roxas espalhadas pelo corpo, a menina ia tomando um aspecto de quem só espera a hora sobre a cama.

Dona Maria Augusta encontrou uma das criadas chorando na cozinha, não sabia o que fazer. Ela tentou consolar, querendo encontrar consolo para si própria.

"Se a dona me perdoa dizer, acho que sua filha pode ser salva."

"Como, minha filha, se o médico há uma semana que não consegue trazer nenhuma melhora?"

"A dona não vai gostar, mas tem uma mulher na vila que eu tenho certeza que pode salvar a menina."

Mercedes contou tudo que sabia sobre Maria, a africana, para Dona Maria Augusta. Esta, mesmo sem querer acreditar, não conseguia deixar de se impressionar. Não tinha mais esperanças, mas sabia que deixar-se levar por aquelas crendices era anticristão. Demorou ainda dois dias até que resolveu ir pessoalmente ver a mulher.

Quando chegou ao portão da casa branca, de janelas amplas e telhas, não acreditou que uma preta vivesse ali.

"Por que demorou tanto?", lhe perguntou, sem que ela desse conta, a mulher sentada na varanda. "Sua filha pode ficar boa."

"Quem lhe contou sobre minha filha, sabes então quem eu sou?"

"Sei sim. A senhora não acreditaria se eu dissesse quem me contou. Mas para a sinhazinha melhorar, ela vai ter que passar um bom tempo aqui. Aqui eu vou preparar os remédios, infusão, posso cuidar dela como quem cuida de uma filha."

Mesmo contra a vontade do pai, a menina e Mercedes foram enviadas à casa branca da vila. Dona Maria Augusta não acreditou quando viu a filha descer com as próprias pernas da charrete e caminhar até a preta Maria. A africana lhe deu um abraço e disse que ela ficaria bem ali.

Em dois meses a menina estava de volta à fazenda, mas tinha que visitar Maria toda semana. A gratidão do dono da fazenda era tamanha, que Maria recebia leite, milho, feijão, ovos e o que mais precisasse. Seus conselhos sobre quando e como plantar eram ouvidos e seguidos religiosamente. Quando algum animal apresentava algum problema, Seu Antônio não demorava em mandar buscar alguma palavra da africana na vila.

Com tudo isso, Maria não teve dúvidas de que mais uma vez seria ouvida, a estrada passaria pelo lado e a árvore seria poupada. Aninha já tinha nove anos, mas só lembra o que lhe foi dito. Segundo a africana, ela encontrou o fazendeiro em um estado raro de teimosia, não admitia ter sido contrariado e não queria nem ouvir nenhum de seus argumentos, pois estava certo de que eles só reforçariam a crendice daquela gente.

"Dona Maria, é só uma árvore. Eu vou fazer uma estrada que vem até a porteira da fazenda. Não é uma picada é uma estrada, que eu não posso fazer porque todo mundo resolveu que aquela árvore não pode ser cortada. Pois vai ser cortada!"

"Seu Antônio, aquela não é uma árvore qualquer. É uma gameleira branca, uma árvore sagrada onde meu povo acredita que habitam espíritos importantes. Nem um galho dela pode ser cortado, sem que se peça permissão antes."

"Então eu tenho lá que pedir permissão para cortar uma árvore na minha porta?"

Dois dias depois, o capataz e mais um dos pretos começaram a serrar e calçar o corte para derrubar a árvore. Mesmo dizendo-se sem medo, o preto não conseguia tirar os olhos dos galhos que pareciam ganhar vida a cada movimento da estaca para dentro do tronco.

O dono da fazenda acompanhava tudo, sentado na varanda da casa. Sentiu um nó na garganta, quando ouviu um estalo mais forte. Não conseguia ver por de trás do tronco, mas percebeu que algo estava errado quando viu o preto correr.

O capataz foi atingido por um galho grosso da árvore, já estava morto quando o fazendeiro chegou. Com raiva, ele mesmo deu os últimos golpes nas estacas até que a gameleira caiu. Foi difícil conseguir que os homens tirassem as galhas do caminho e removessem o corpo.

Naquela noite, porém, ouviram-se longe os gritos do português. Desesperada, Dona Maria Augusta chorava, perguntando o que estava acontecendo, enquanto o marido gritava com alguém que só ele via.

"Saiam daqui, quem são vocês? O que querem aqui?"

Na manhã seguinte, a esposa mandou chamar a africana na Vila. Maria chegou e encontrou o português mirando o nada, sem falar e suando frio. Ela colocou algumas ervas no braseiro e pediu a Mercedes que cozinhasse um punhado de milho branco.

A pequena Aninha, que observava tudo com ares de assutada, começou a tossir. Foi ficando avermelhada, tossia sem parar. Maria até então não tinha dado muita importância, até que uma idéia estranha lhe veio à cabeça. Levantou os olhos para ver a pequena e ouviu espantada o grito, "rieei!"

Todos se assustaram. Dona Maria Augusta, imobilizada pelo terror, não conseguiu nem sair de onde estava. Mercedes, num gesto automático, agachou-se e pôs a cabeça no chão, diante da pequena parada, com os olhos fechados e as mãos repousadas sobre as ancas.

Só então Maria se dera conta do que se passava. Levantou e caminhou na direção da pequena deusa. Tentou abraçar a menina, mas esta se curvou e deitou diante de seus pés. As lágrimas corriam na face da africana. Ajudou a deusa-criança a se levantar e ao gritar, "eparrei, Oiá!", ouviu mais uma vez o grito que ocupou todo o ambiente, "rieei!"

"Abra as portas, Mercês!"

A menina andou pelo quarto, parou ao lado do pai enfermo, gritou. Andou até a porta e gritou. Saiu em direção à entrada da casa. Maria mandou Mercedes ir junto, olhou para Dona Maria Augusta e não pôde evitar sentir pena da coitada. Ela sabia que nada mais podia ser feito.

"Foi a árvore. Sinhá, ele não podia ter cortado aquela árvore. Eu posso tentar evitar que a desgraça caia sobre essa casa, mas o destino dele, a senhora sabe, ele mesmo escolheu".

Foram sete dias olhando o nada, até que seus olhos se encheram de pânico e o pai de Aninha morreu.

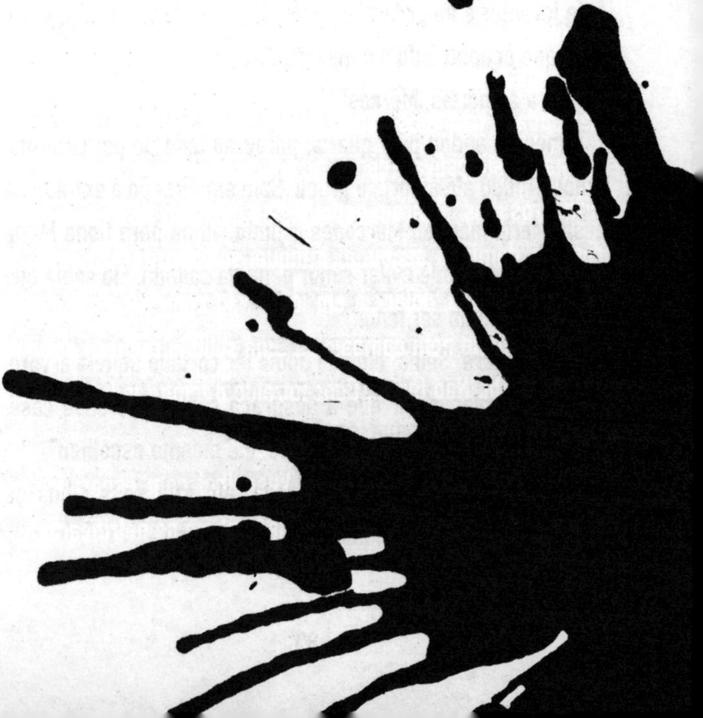

ENTREATO
Cuti

"Difícil lição de vida
tentar aprender esquecer você!"

("Boletim" - Jamu Minka)

Envelopado na manhã, o TEU adeus foi deixado sob a minha porta. Olhei pela janela: nenhum lenço ao vento, apenas o ódio defraudado naquelas páginas, com todas as cores berrantes. Minhas justificativas de nada adiantaram para amenizar os primeiros dias. Ficaram pedantes no decorrer de algumas horas. No domingo seguinte, tranquei-me em casa, pensando besteiras. Muita violência em jogo. Não comi o dia todo. Não atendi telefone nem campainha. Uma solidão rochosa em torno. Não bebi. Não fumei. Concentraído o tempo todo na minha perda irremediável.

Há muito tempo não chovia. Vasculhei com esperança as nuvens do céu. Nada. Lá fora, o dia também se petrificara.

O único desejo que se apresentava era o de sangue, sangue aos borbotões, quente, vivo, para livrar-me daquela rejeição desértica, áspera. A consciência, no entanto, metia luz em cima dos projetos pacientemente concebidos e negava o fundamental: o direito moral de colocá-los em prática. Eu fraquejava de momento, andava pela casa, e, depois de alguns passos, eu já adquirira de novo meu direito de praticar aqueles crimes terríveis, porém salutares em minha condição miserável.

A noite chegou sem avisar e surpreendeu-me com a arma na mão. Era o último projeto, assim concebido: eu mandaria flores. Junto, uma carta das mais lindas, na qual eu proporia uma amizade profunda, a partir de uma resignação farta de humildade. Diria mesmo não querer vê-LA, considerando ser o mais propício. Muitas as expressões de desculpa, sem pieguice, no entanto. Usaria toda a arte da mentira travestida de sinceridade, pureza e compreensão. Faria a figura de um velho amigo. E ensaiaria até como colocar as mágoas, os rancores, o ódio, tudo dentro de um baú inteiramente decorado de ternura. Com o tempo e após os testes inúmeros que TU farias para provar a minha sinceridade, teríamos um encontro. Conversaríamos coisas outras. Eu falaria até de um novo amor e, depois de certa encabulação, receberia de TI um sorriso cúmplice. Em seguida, esta mesma cumplicidade se transformaria, a partir de próximos encontros, em uma confiança sorridente. Até que um "acidente" me colocasse de cama. Então, através de um telefonema sem propósito aparente, eu denunciaria minha condição de enfermo, recusando de pronto a TUA visita.

— Não, não é preciso. O pior já passou. O quê? Não se trata de desconfiança, Zulmira... É que não precisa mesmo. Estou bem...

Mas TU virias. A maquiagem estaria perfeita no meu rosto e a enxurrada contida nos bastidores, a enxurrada vermelha da minha vingança. Quando a maçaneta virasse, eu sentiria que a serpente de meus músculos se preparava.

Entrarias no pequeno apartamento. Eu me sentiria o melhor ator do mundo. Braço engessado, algumas marcas de mercurocromo, joelho enfaixado. Mancar seria fácil. A compaixão TE despertaria o antigo afeto. Eu veria em TEUS olhos as fagulhas do nosso amor. Então, quando desviasses o olhar de mim, a faca de ponta sairia do meu travesseiro e tudo seria sangue, muito sangue, gritos (eu queria ouvi-los!) e satisfação.

Mas, saltando pela janela, a noite me surpreendeu com a arma invisível na mão. A consciência acendeu a luz. De novo!

Eu premeditando um crime? ...Realizado o flagrante da minha miséria, ante a testemunha de mim mesmo, o nada tomou corpo com a totalidade da desesperança. O derradeiro plano esvaiu-se inteiro.

Vencido assim pela lucidez, envolto na escuridão, ouvi a Tuausência girar a chave na fechadura. Acionou o interruptor. A sala clareou-se. Ela, emoldurada na porta, fixando-me.

Loira, como sempre foi, vestia roxo e tinha olhos verde-musgo. Nos lábios finos, uma ironia cortante. Por fim, sorriu com toda a plenitude de seus dentes de ouro, inteiramente carcomidos. E disse, depois de largar sua bagagem no chão:

— Voltei. E desta vez para ficar.

A fatalidade percorreu-me a espinha num relâmpago gelado. Abaixei os olhos. Em suas unhas contemplei o esmalte marrom, realçado sobre a palidez das mãos, dos pés e das pernas enraizadas de varizes azuis. O sapato aberto continuava o roxo do vestido, cuja barra cobria levemente os joelhos. Quadris um pouco realçados, cintura exageradamente fina, busto nenhum, ela tinha o talhe de quem sofrera correções de perfil. Um nada de nádegas.

Mexeu os cabelos, exibiu o vento. Alicateou seus olhos nos meus. Não tive saída. Capitulei.

— Sim. Está bem — e curvei a cabeça.

A partir de então, Tuausência passou a conviver diariamente comigo, debaixo do mesmo teto.

No princípio, como sempre acontece aos casais que voltam a conviver depois de separações litigiosas, houve a delicadeza de esgrima na luta pelo espaço. Sem dúvida, ela acabou ganhando, depois de destruir todos os TEUS pertences. Encheu o guarda-roupa com vestidos, camisolas e muitos penhoares. Meu paletó, calças e camisas passaram a ficar no varal (sujos), sobre as cadeiras e mesmo pelo chão. Quanto às cuecas, ela não as suportava ver e as metia debaixo da minha (nossa) cama de casal.

Passei a ostentar no rosto as marcas das unhas de Tuausência. Nossas brigas eram freqüentes e sua agressividade não se intimidava diante da minha força. Ela apanhava muito, mas sempre reagia com suas lâminas naturais, os olhos que se amarelavam e muitos xingamentos.

Um dia resolveu dar uma festa. Concordei para evitar mais atritos. Ficou dengosa, pegajosa, "bem" pra lá, "benhê" pra cá. Na semana tratou-me como seu namorado, às vésperas eu era um noivo, e, naquela noite, um marido bem adulado. Seus convidados — pois eu já me divorciara da amizade — eram uns tristes alcoólatras. Todos brancos. Cantaram, o tempo todo, sambas-canções de amor perdido. Trataram-me com deferência, sobretudo quando me enchiam o copo. Não faltaram os elogios à minha alma branca. Bebi com eles até a madrugada. Ao todo, éramos 13 na tal festa-patê-de-sardinha-e-gim. Não vi quando saíram. Eu tinha ido ao banheiro vomitar os meus excessos e perdera a noção do tempo. Quando voltei, a sala estava vazia de gente. Tuausência masturbava-se na cozinha, enquanto comia os últimos restos de patê. Alternava a mastigação com profundas tragadas em um cigarro sem filtro. Olhei da porta e tive ímpetos violentos. Ela não se intimidou, continuando suas fricções, o come-come e fumaças. Atingiu o orgasmo com um grande urro. Uma garrafa de gim, que estava vazia sobre a pia, partiu-se. Tuausência espumou pela boca, dizendo com sarcasmo:

— Por que não vem, nego filho-da-puta?

Minha vista escureceu. Só parei de esmurrá-la, quando percebi que ela não esboçava reação, exceto o riso e o olhar de quem tem garantida a vingança. Meu ódio pegou-me pelos colarinhos e pôs-me para fora de casa. Fui procurar consolo na manhã que já raiava. O sol, entretanto, não me ofereceu nenhuma porta ou janela para respirar outra vida. Voltei para o estreito corredor do cotidiano.

Tudo recomeçou. Eu saía, ela ficava em frente à televisão, o cigarro entre os dedos. Quando à tarde eu retornava, brigávamos. Eu não tinha mais sonhos, só pesadelos. Em um desses nossos reencontros, depois da habitual troca de murros e arranhões, deixei-me cair em mim. Olhei-a. Seu rosto era deplorável e sinistra a ironia que nele se mantinha. Fui vencido pelo primeiro soluço e desabei. Chorei todos os tonéis envelhecidos desde a minha irremediável perda. Ela saiu da sala em direção ao banheiro, rindo a princípio, gargalhando depois. Eu a esqueci por um tempo de completo vazio. Ao me sentir aliviado fui procurá-la para tentar uma conversa que nos possibilitasse uma tolerância menos violenta. Estaquei próximo à porta. Uma sombra balançava. Dei mais um passo e vi! O cinto enlaçava Tuausência no pescoço, ligando-o ao cano do chuveiro. Estava nua, inteiramente roxa, com enorme e intumescida língua pendurada e olhos saltando. Quando fui tocá-la, a campainha soou. Tremi. Alguém girou o trinco. Corri ao encontro, empurrado pelo pânico.

Eras TU, entre os lábios um sorriso com a ternura de todos os marfins. Os olhos, dois sóis negros irradiando a aurora polar da minha vida. TEU rosto jacarandá, aconchegado na crespa e noturna auréola dos cabelos, era o desenho da minha paz. Abraçamo-nos.

Fusão de eternidades.

O cadáver apodreceu no banheiro naquela mesma noite. Restaram apenas cinzas. Ao raiar a manhã, eu as recolhi e usei para adubar a samambaia que trouxeste.

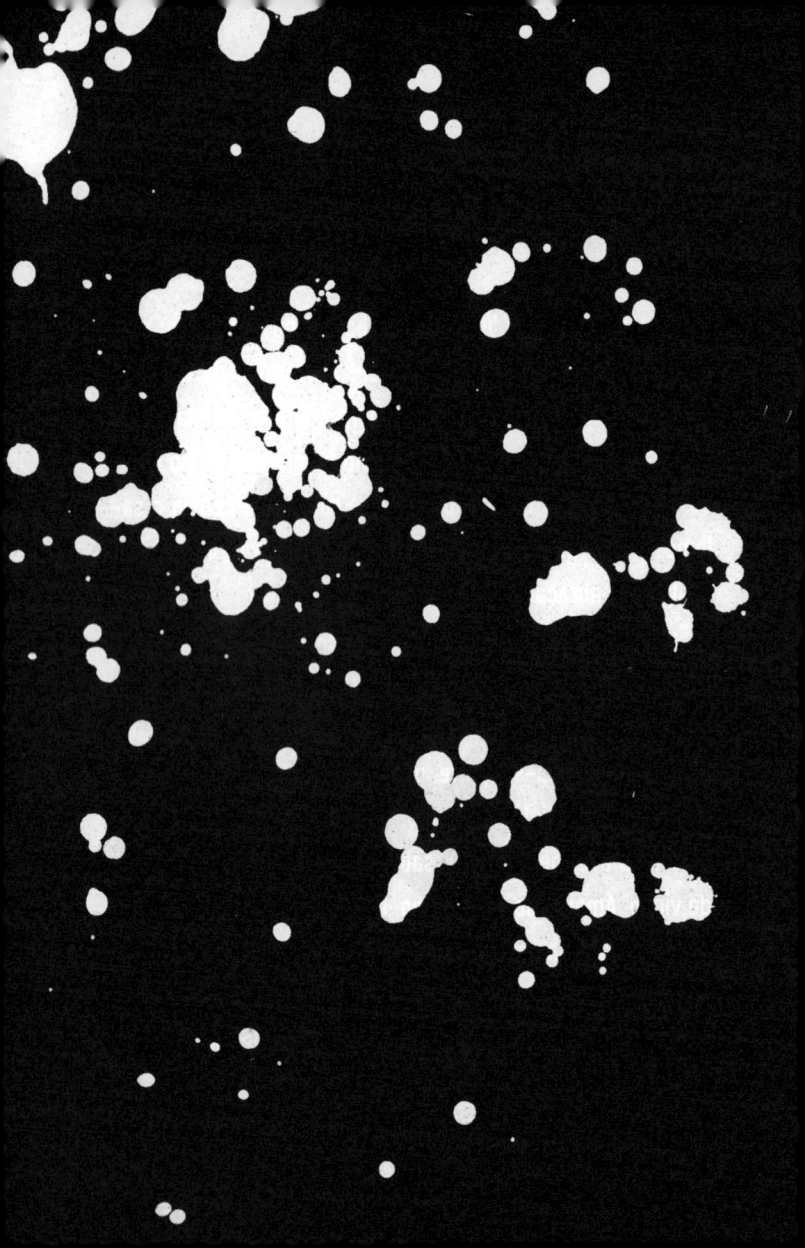

O ESTRANHO MILES
Marco Manto Costa

Miles estava escondido atrás do balcão do velho armazém, escorado por três gigantescos sacos de farinha de trigo. Se bem me lembro, entrei no lugar para comprar batatas, mas logo descobri que o pardieiro também funcionava como boteco. Eu bebia uma cerveja preta entre réstias de cebola e salames pendurados quando percebi a presença de Miles. Tive vontade de abraçá-lo, brindei ao nosso encontro.

Sua figura chamava a atenção pelo pavilhão do trompete, o qual era possível ver sobre seu ombro esquerdo. O saco de farinha que encimava a pilha estava furado, fazendo uma cavidade. Por ali via-se parte da cabeleira negra do homem emoldurando os imensos óculos escuros. Havia respingos de uma tinta avermelhada, ou, sabe-se lá, jogaram ali um copo de vinho. Amarelado pelo tempo, o retrato em preto-e-branco era sujo e arranhado.

Não pude resistir. Aproveitando-me de um descuido do comerciante, pulei o balcão e arrastei os sacos de farinha. Uma nuvem de farinha branca se formou rapidamente. O pó branco cobriu a cara do *jazzman*, dando-lhe um aspecto ainda mais enigmático.

Saí apressado da venda com Miles Davis debaixo do braço. Por alguns instantes achei que o quitandeiro corria atrás de mim. Imaginei o infeliz com um porrete nas mãos, atrapalhado com as banhas da barriga saltando sob a camiseta. Dobrei a esquina e atravessei a avenida correndo entre carros. Havia um ônibus saindo do ponto. Pulei sobre seus degraus, mas Miles ficou preso nas extremidades da porta. O motorista apressado apertou um botão e as portas se fecharam. Fiquei eu do lado de dentro e Miles do lado de fora, pendurado numa das minhas mãos.

Cheguei em casa um tanto atônito, mas feliz. Eu estava certo de que havia feito a coisa certa. A mulher quis saber o que era aquilo. Disse-lhe sorrindo:

"É Miles!"

"Aahh?!?"

É preciso deixar claro que a dona não teve a mínima curiosidade ou vontade de dialogar. Foi logo colocando o dedo em riste na minha cara. Mostrava-me panelas vazias. Berrava línguas estranhas e balbuciava algo como "Comida, comida". Miles

Dewey Davis, impassível, olhava a cena com indiferença. De repente, panelas começaram a voar em minha direção. Comecei a ver tudo em câmera lenta. Eram copos, garrafas, o que tivesse pela frente da mulher.

"Ah, sim, as batatas", lembrei.

Mas, naquele momento, não havia mais nada a falar, não falávamos a mesma língua. Ela estava em transe e o mundo acabara de ruir. Miles, que observava tudo com um olhar fixo, não parecia preocupado com batatas.

Lá fomos nós feito dois anjos imaculados perdidos na noite. Havia um fio de sorriso na minha face. Apesar do despejo, eu ganhara algo em troca. Não sabia bem o quê. Sentia-me bem sem ter para onde ir. Meu amigo emoldurado parecia esboçar um sorriso cínico.

Naquela mesma noite encontrei Tina. Bebia coca-cola e comia cachorro-quente com duas amigas numa esquina qualquer da Lapa, a velha zona boêmia do Rio. Ganhei uma salsicha e falei para ela sobre Miles. Não foi preciso nem pedir, ela foi logo dizendo que tinha um lugar perfeito para nós ficarmos.

O ateliê de "Tio Jacques" ficava perto dali, na Rua Mem de Sá. Tio Jacques estava em São Paulo cuidando de uma exposição e, quando se ausentava, costumava deixar a chave do sobrado com Tina. Foi uma festa. Havia uma coleção de CD's sobre uma grande mesa retangular, no canto da sala. Os discos, misturados a tubos de tinta, pincéis e garrafas de *whisky* e *vodka*, formavam uma coleção bem eclética. Tina encheu nossos copos e colocou Jackson do Pandeiro para tocar.

Tirei um quadro confuso do cavalete e coloquei Miles em seu lugar. Continuou confuso, mas me pareceu bem melhor. Alguém bateu à porta. Era Desirrée, uma das amigas que acompanhavam Tina horas antes. Desirrée queria ser artista plástica e na ausência de Tio Jacques freqüentava o ateliê. Com suas botas que subiam até os joelhos começou a acompanhar Tina num balé de evoluções estranhas. Dizia que aquele era o seu mundo. De certa forma, era o mundo de todos nós. A figura de meu amigo era cada vez mais patética, esfolada pelos maus-tratos, pelo tempo.

Tina não havia dado muita atenção à minha aquisição, mas Desirrée logo compreendeu que Miles estava mal. Chamaram-lhe a atenção justamente os lábios do trompetista. Ela considerou que estavam desfigurados, resolvendo então retocá-los. E pôs-se a mexer em pincéis e tintas. Experimentava misturas, buscava novos tons para o vermelho. Enquanto dançava com

Tina, eu observava Desirrée fazer novos contornos nos lábios do moço. Deu-se por satisfeita quando transformou a boca do músico num repolho psicodélico.

Tina retorcia o corpo ao som saltitante de *Os oito batutas* que saía das caixas de som. Eu bebia goles de *vodka* e tentava acompanhar o seu difícil bailado. Desirrée movimentava os braços e a barriga, parecendo simular a dança do ventre. De vez em quando ela metia o pincel na cara de Miles e olhava para mim como se buscasse a minha aprovação. Segurava na mão esquerda uma garrafa de *vodka* e na direita um pincel.

Os cabelos do cara, antes esbranquiçados por causa da farinha, ficaram vermelhos após as pinceladas de Desirrée. Confesso que gostei muito, Miles rejuvenesceu. A bebida queimava o meu estômago, mas Tina insistia em que eu dançasse ao som de Itamar Assumpção, aos berros. Desirrée veio para cima de mim com os tubos de tinta vermelha nas mãos. Com os dedos, dava pinceladas em meus cabelos. E também fiquei de cabelos vermelhos. Tina tirou os óculos escuros que trazia pendurados entre os seios e os enfiou no meu rosto.

A música muito alta deve ter incomodado alguém. Eu dançava de olhos fechados e girava em torno de mim mesmo quando, de repente, a música parou. Estávamos cercados por policiais surgidos do nada. A princípio, três ou quatro, depois mais outro e mais outro, era um bando deles. Tina e Desirrée já estavam imobilizadas com os braços retorcidos para trás. Logo fizeram o mesmo comigo. Fomos conduzidos em direção à porta de saída, enquanto dois deles ficaram revistando o local. Olhei para trás procurando por Miles, mas desta vez ele me evitou. Esses momentos realmente são muito difíceis. Mas, confesso, esperava uma solidariedade maior por parte dele. Cara estranho esse Miles.

Na delegacia fomos fichados um a um. Um detetive meteu a mão na bolsa de Desirrée e cantou para o escrivão "Desirrée Antunes". Depois, a vez de Tina, "Sebastião Pedroso", e eu por fim. Claro, o fim da noite foi péssimo e todo o dia seguinte também. Fui liberado no final da tarde, eu era um réu primário. Quanto às minhas amigas, por lá ficaram.

Trazia o gosto da morte na boca. Restavam-me uns trocados amarfanhados no bolso, o suficiente para pagar o ônibus, mas bebi um caldo-de-cana com o dinheiro. Fiz meu caminho de volta a pé. Andei cerca de quatro horas sem parar, mas sem pressa de chegar. Bati à porta e lá estava minha mulher. Como sempre, já me esperava. Escancarou a porta e mandou que eu entrasse. Apontou para a mesa, sugerindo que eu sentasse. Nem os óculos escuros nem os meus cabelos vermelhos chamaram-lhe a atenção.

Veio ao meu encontro com um facão. "Ela vai me sangrar como se um eu fosse um porco", pensei. Mas, não. Colocou o facão nas minhas mãos. No buraco debaixo da pia havia um saco. Ela o pegou e o despejou na minha frente, fazendo com que batatas se espalhassem como bolas numa mesa de bilhar. As lentes vagabundas dos óculos escuros de Tina emprestavam aos legumes uma coloração azul-violeta. A mulher me encarou com firmeza e sacudiu a cabeça demonstrando impaciência. Resignado, pus-me a descascar batatas.

SUJEITO HOMEM
Nei Lopes

Meu filho era um sujeito homem! Acabaram com seu corpo, mas sua alma continua em pé, olhando pelo Morro! E de olho nesses safados aí, que entraram no samba só pra gavionar.

Você pensa o quê? Que ele era abobreiro que nem uns e outros aí? Não era não, meu camarada! Ele não teve lá muito estudo mas era um poeta! Ou você não se lembra do nosso samba de 84? Saiu com outro nome pra deschavar. Mas era quase todo dele. E era um sambão! E, nesse ponto, não me leve a mal não, mas ele saiu ao pai. Modéstia à parte.

Inclusive, numa roda de partido, o moleque também não fazia feio, não. Mandava bem, uns versos malandreados, cheios de picardia. E de improviso, mesmo. Não era que nem esses malandros aí que diz que faz e acontece mas, na hora do vamo vê, só manda verso decorado. Ele era partideiro, mesmo, no duro! Não deu foi sorte com esse negócio de gravação. Tu sabe como é que isso é, né? É uma tremenda ratatúia, mermão! É máfia mesmo, no duro. E ele não era de se sujeitar a umas determinadas coisas.

Tá vendo essa igrejinha aí? Isso era uma capelinha muito mixuruca, caindo aos pedaços. Ele foi que botou tudo legal. Mandou vim tijolo, cimento, telha e botou tudo em cima. Do bolso dele! Não posso me esquecer, no São Jorge do ano passado, ele todo arrumado, calça branca, blusão vermelho, carregando o andor. Na cabeça, vinha ele e o Coroa, o patrono. Atrás, vinha a Marlene e o Tião, presidente da associação.

Meu garoto era um sujeito homem! Inclusive, quando a safada da Marlene resolveu ir morar com o Coroa, ele deu a decisão:

"Tu vai, tu pode ir. Agora, tem uma coisa: o único dia que tu pode subir aqui é no dia de São Jorge. Fora disso, não quero te ver nem pintada. Porque se vier, não tem patrono, não tem escola, não tem porra nenhuma!"

Por aí tu vê como ele era firmeza. Deixou ela ir, tratar lá da vida dela, dar uma de madame... Mas se marcasse, já viu né? O Coroa ficou sabendo. Vai ver que quis até mandar fazer alguma coisa com ele mas preferiu esperar. Afinal de contas, ele sabia que meu filho era importante. E esse negócio que dizem aí que ele manda fazer, que quebra os caras e depois some com o corpo, desmanchando no ácido, ele não ia fazer com meu filho. Meu filho era um defunto muito caro!

E tirava era chinfra o moleque! No lance do samba que ele ganhou, veio repórter aqui. E ele recebeu, legal. Só não deixou é bater fotografia. E quando o repórter, vendo aqueles ouro todo que ele usava, perguntou o que ele fazia, ele curtiu, apontando lá pra cima:

"Sou fazendeiro, meu amigo! Tá vendo aquela parte lá em cima? É minha fazenda! Lá eu crio boi, tenho uma tremenda lavoura... Eu é que abasteço esses açougues e essas quitandas todas aí embaixo".

O repórter era macaco velho, é claro que não acreditou, mas botou lá no jornal. Que o compositor do samba daquele ano era um negão "excêntr...". Como é mesmo que se fala? Era um negão diferente, bacana, fazendeiro, cheio de grana e que só saía do Morro, às vezes, pra tratar de negócios.

Meu filho nunca saiu mesmo daqui. Nunca foi nem a Copacabana. Só uma vez que ele parece que teve que ir no Paraguai, resolver lá uma parada dele. Mas voltou logo. Inclusive, ele tinha medo de avião.

Engraçado, né? Um homão daquele, com medo de avião! Um homão daquele, cheio de disposição.

Porque disposição, ele tinha mesmo! Mas não era crocodilo. E metade dessas parada aí que botaram na conta dele não foi ele que fez, não! Processo, mesmo, ele assinou quatro. Mas foi tudo arquivado. Era um menino bom!

Até os 17 anos, ele trabalhou comigo, me ajudando como servente. Mas um dia ele chegou e me disse:

"Pai, não estou mais a fim de trabalhar de servente, não!"

"Mas, por que, meu filho?", eu perguntei. Aí, ele respondeu:

"Ah, não dá não, pai! A gente, rala, rala e no final da semana é essa mixaria."

"E tu vai fazer o quê? Tu não tem estudo..."

"Vou me virar por aí. Eu posso não ser bom de leitura mas de conta, eu sou. Estou a fim de entrar de sócio, aí, numa parada."

Uns seis meses depois daquela conversa, pegaram ele pela primeira vez. Um cinco meia. Mas eu tenho certeza que não foi ele. E, não sei como, acabaram mandando pra Ilha Grande.

E foi só ele ser preso pra acabar a nossa tranqüilidade aqui. Foi brabo! Foi o tempo do Noca e do Catimba, que não respeitavam ninguém. A rapaziada de um e de outro vivia se estranhando. E tudo bolado, cheirado, fumado, assaltavam lá em baixo e aqui em cima, taravam as meninas, esculachavam velho, barbarizavam senhoras de idade... Foi uma merda, compadre! Isso durou quase um ano. Até que meu garoto voltou. Voltou, passou o rodo, espanou... e isso aqui voltou a ser o que era antes, uma verdadeira área de lazer.

O Coroa também sabia que ele era sujeito homem. E, naquele São Jorge, até tomou um copo com meu filho. Pela beleza da festa. Então, ficam esses safado aí querendo botar a morte do velho na conta dele, por causa da Marlene. Ele não tinha nada a ver com isso!

O caso é que polícia é polícia e bandido é bandido, como dizia o outro. Não tem que misturar estação. Agora, vê você: o filho-da-puta do Delegado era "assim" com o Coroa! Tinham sociedade lá nuns negócios de armas, viajavam juntos pra cassino no estrangeiro, e tinham lá outras transações também. Todo mundo sabia disso. Tu não via quando ele chegava no samba com aqueles tiras todos?! Subia direto pro camarote. Na maior mordomia. E ali rolava tudo. Do bom e do melhor. Mas meu filho era uma pedra no sapato deles:

"Manja só a marra do crioulo, doutor!"

"Tá pensando que é gente."

"Tá se saindo muito..."

"É um pé-de-chinelo, Albano!"

"Mas essa crioulada acha que ele é um deus. E eu não estou gostando nada disso."

"Besteira! Tu acha que um crioulo, analfabeto... Tsk! Qual é?!"

"Eles estão botando encanamento, já têm posto de saúde... E ele é que comanda o sucesso, malandro! É, doutor... qualquer dia vai querer botar o dedo na cara da gente."

"Me admiro você! Macaco velho, cascudo... Chama ele nas conversas!"

"Noutro dia, lá em cima, na festa, eu dei um toque..."

"E ele?"

"É cheio de idéia, o crioulo. Cheio de política. Me chama de "senhor" e tudo mas eu sei que ele tem uma bronca minha."

"E as ferramentas? Ele tem pago direitinho?"

"Quanto a isso, a gente não tem que se queixar. É um bom freguês."

"Mas a gente também tem que estar de olho nisso! Daqui a pouco ele tem um arsenal lá em cima."

"Nada, doutor! O que eu mando é pra eles mesmos irem se comendo. Daqui a pouco não sobra mais um. O que me deixa bolado é as idéias dele. E a marra."

"Também! ...Tu foi tomar logo a nega dele!"

"Isso aí é outro papo! Não tem nada a ver."

"Esses crioulos são foda, Albano! Ainda mais com negócio de mulher..."

"Daqui a pouco a gente sossega o facho dele. É só inventar um motivo."

Eles achavam que meu filho estava crescendo muito. Então, pra mim, quem fechou o Coroa foi gente lá deles mesmo. Esse Delegado é um safado, um filho-da-puta! Não vale porra nenhuma! É só ganância, olho grande! Quanto mais tem mais quer! Vai ver que foi ele mesmo, pra ficar com os pontos. Essa gente é capaz de ripar até a mãe – se é que eles têm mãe... Meu filho, não! Meu filho vivia pra família, pros filhos, pra comunidade... E pros Independentes.

Quando o Coroa chegou, meu filho, como nós todos, já estava na escola há muito tempo. Ele nasceu aqui. E até deu força pra nova diretoria.

Tinha muito safado lá dentro, metendo a mão. E o Coroa, verdade se diga, botou moral. Botou moral e meteu mãos à obra, pagou a quem devia e expulsou as ratazanas.

Naquela noite, já de madrugada, ele saiu da reunião e foi procurar um lugar pra comer alguma coisa. Mandou o motorista levar a Marlene em casa e, quando o carro voltou, ele dispensou o negão e foi pra casa sozinho. Uns 200 metros na frente, um fusca emparelhou com o carrão e vagabundo cuspiu fogo. Foi um só. De 45. E ele caiu por cima do volante. Quem me contou viu, mesmo. E é firmeza.

O Coroa estava nessa vida há mais de 40 anos. E tu sabe que eles no dia de Carnaval se abraçam e tal mas têm lá as suas broncas também. E, nessa, meu filho não teve nada a ver.

Ele era sujeito homem, compadre! E não merecia acabar desse jeito, nessa tremenda crocodilagem! Mas... fazer o quê, né? Vamos descer, que já está na hora...

* * *

Eram 4 horas da manhã. Parecia filme:

"Por aqui, por aqui. Xiiii. Sem barulho. Cuidado! Xiii! Vamos pegar ele dormindo..."

"Tem criança, chefe! Três."

"Tudo bandido, já. É cerol em todo mundo!"

"Se deixar, amanhã estão contando historinha..."

Ele estava dormindo, com a mulher e meus três netos. Um cana arrombou a porta com um caibro. Mas aí o Filho-da-Puta, com a AR na mão, deixou que a mulher e as crianças saíssem. Meu filho, então, pegou os ferros, a munição, pulou pra área e subiu pra laje. Sempre atirando. Aí, passou pro telhado da casa do lado e pulou pro chão, pra dentro do chiqueiro. Foi aí que ele caiu. Varado dos pés à cabeça. Então, foi aquele silêncio. E ele lá caído. Foi tanto tiro que esse braço aqui, lá nele, virou frangalho.

Mal o dia clareou, os peemes já tinham chegado. A comunidade gritava, jogava pedra e não deixava o rabecão subir. Os samangos fizeram um cordão de isolamento. O Filho-da-Puta mandou chamar os bombeiros e um helicóptero, que a comunidade quase derruba, de tanta pedra que jogou. Quem tinha que levar o corpo era nós e não eles. Mas o helicóptero pegou meu filho e subiu com ele pro céu. Quando deu meio-dia, os peemes ainda estavam lá e o tumulto continuava:

"É tudo safado! Vem tudo aqui minerar e cheirar brizola, agora fica aí tirando onda! Safado! Vocês comia na mão dele!"

"E esse Delegado, também! Veio na frente, metido a rambo, mas sozinho não se garante! Deve a ele também! Safado! É tudo safado!"

"Vocês são valente? Então, atira aqui no meu peito! Vamos! Quero ver! É tudo safado!!!! Safado-ô!!!"

Eles não mataram um homem. Mataram todo o Morro do Cruzeiro. Olha só a lágrima escorrendo pelo rosto do Dico. Ele está batendo o surdo chorando. E as escolas todas mandaram as bandeiras. Meu filho era um sujeito homem.

— Tem um lápis aí, compadre?

— ?!

— É pra anotar o número.

— Hmmm...

— 4564... Milhar bonito esse. Leão.

Meu filho era um sujeito homem.

SEROPÉDICA, MAIO, 2002.

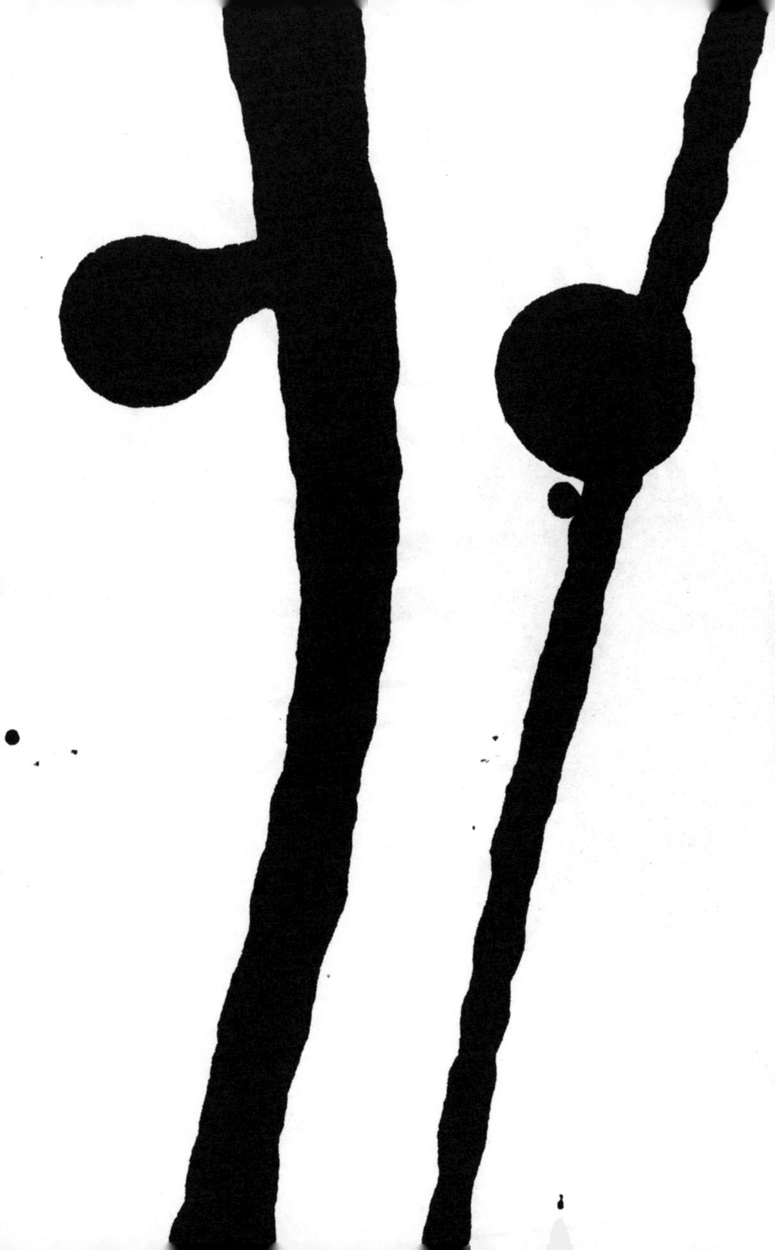

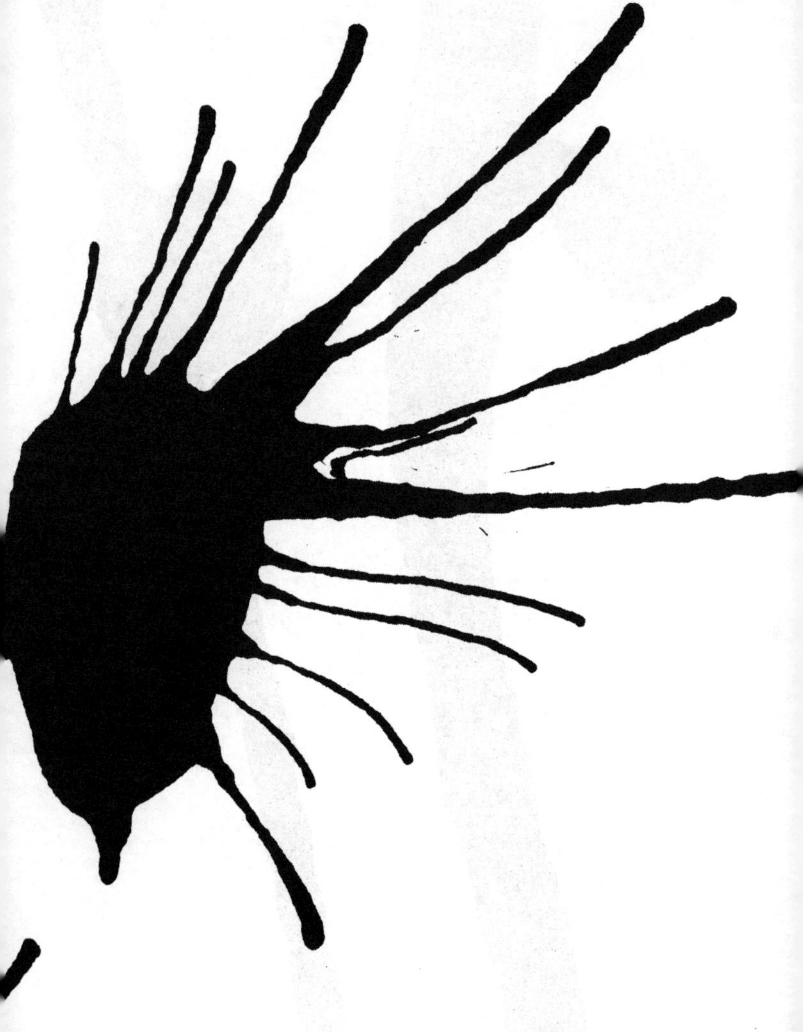

RESINAS PARA AURELIA
Mayra Santos-Febres *

> Aurelia, Aurelia
> dile al Conde que suba
> dile al Conde que suba
> que suba suba
> por la ventana
> (letra de cantiga popular porto-riquenha)

Ninguém sabe como aquilo entrou na moda, mas em menos de três meses todas as putas da Patagônia[1] tinham uma correntinha no tornozelo. Era possível vê-las passear pela praça do vilarejo, quando estavam de descanso, chupando sorvete de frutas ou de nozes, andando pelas ruas em direção ao rio. Era possível vê-las comprando mantimentos na Praça do Mercado com aquela correntinha brilhando ao sol ardente, resplandecendo a distância, a marca secreta que denunciava o ofício. O tilintar lá em baixo no tornozelo, este ilustre nome de torno-

---

1. Região do Município de Humaco em Porto Rico.

zeleira acendia os olhos e franzia as sobrancelhas por todo o Humaco[2]. Em direção ao rio iam os pés das meretrizes com tornozeleira e em direção à correntinha iam os olhos de todos e todas do vilarejo. De todos e todas e de Lucas por exemplo, que debaixo de seu amplo chapéu de palha, com tesoura podadora na mão, deixava de aparar as árvores de sombra para vê-las passar com olhos famintos.

Sua avó o ensinou o ofício das flores. Nana Poubart o trouxe pequeno de Nevis, para aquele vilarejo cinza com um rio que comia as árvores da praça. Não se recordava de nada de sua terra natal, só o acalanto nos peitos de sua avó, a quem embaraçava a língua em inflexões mais agudas que as do resto dos habitantes do povoado, erres (Rs) e tes (Ts) mais indecifráveis entre os vários sons que sobrevoavam o ar da Patagônia, usualmente fedendo a enchente de rio, colchão úmido e a mijo. O ar da Patagônia se detinha onde iniciavam os ares da avó, com seus cozimentos de plantas e de flores. A casa deles, apesar de humilde e cercada nos flancos pelos sítios de mancebia, sempre cheirava à resina de árvores de sombra que disfarçavam o cheiro de mal viver. Os pisos de ma-

2 . Município de Porto Rico.

deira brilhavam com um emplaste de âmbar, com cera de abelhas e essência de flores de jasmim. Bem na frente do bar Conde Rojo, Nana havia plantado um limoeiro e uma goiabeira entrelaçados. Cuidou deles desde pequenos colocando fertilizantes propícios ao crescimento delicado e frondoso, merda de quengas jovens misturadas com sangue menstrual. Ele ficava com vergonha quando Nana o mandava à porta dos fundos do Conde Rojo, pedir às madames os penicos de suas pupilas. Protestava com os pés e com o peito, mas Nana não ouvia sobre as más línguas, nem sobre o falatório infundado em falsas modéstias. Segundo ela, não havia nada melhor para crescer árvores de sombra, nem frutíferas, deste lado do Caribe. Assim foi como Lucas se acostumou às putas desde pequeno, a seus cheiros, suas texturas, suas olhadas de cumplicidade. Desde a pré-adolescência se deitava com elas, desde os 12 anos, para ser mais preciso.

Com o pretexto de lhe dar os penicos de merda, as madames e as putas mais velhas o faziam entrar no Conde, o obrigavam a esperar enquanto elas trocavam de roupa, polvilhavam os peitos cheios e caídos com pó perfumado e flocos multicoloridos de algodão espumado. Às vezes o comprometiam ao amarrar as ligas das meias ou ao abrir o botão do sutiã meia-taça e, a partir destas roçadas furtivas, algumas o beijavam de língua fazendo dengos maternais, cagando amorosamente diante dele nos penicos e conduzindo Lucas, outra vez, até a entrada do bordel.

Entretanto, Nana o esperava sentada na cadeira de madeira, de caoba e palha trançada, na varanda da casa. A goiabeira da entrada foi trançada por ela mesma com suas mãos de passar e lavar roupa de ricos no rio. Foi ensinando a Lucas como se agarram os ramos dos galhos mais maleáveis, para fazer desenhos no tronco. "Os dedos — lhe dizia enquanto untava de merda de putas, na qual acrescentava resinas de seringueira e mel — é importante saber onde se põem, e que pressão tem que aplicar para dobrar sem partir a casca macia das árvores." Um ano atrás do outro, Nana foi sensibilizando-lhe as digitais de tal forma que Lucas aprendeu a verificar a pulsação das árvores, as de sombra, de fruto e de flor. Sentia como se a seiva lhe corresse pelas veias e, através de uma cuidadosa medição de temperaturas e pressões líquidas, podia saber se a árvore estava saudável ou se necessitava de água, poda, ou uma sangria para liberar o excesso de resinas no seu interior.

Ao que Lucas nunca pôde se acostumar foi com o forte cheiro de merda de puta. Independentemente de que seguia indo buscar os penicos cada vez que a Nana o enviava e deitasse com elas, nunca pôde afundar de boa vontade os dedos naquele emplaste fedorento. Convenceu a avó para deixar usar outras soluções e se deu a tarefa de, nas margens do rio, com um machado e umas latas, colher as resinas de todos os arbustos e plantas de tronco do litoral.

A Nana também sabia como tirar o obeah[3] das plantas, a quem tinha que fazer oferendas para que as matas a presenteassem com folhas para curar males de amor, de cólicas de diarréia e vômito, febres de lupanar e outras mazelas que afetavam com freqüência as vizinhas da Patagônia. Sabia de Chás de Anamú[4] contra as cólicas, infusões de folha-de-laranjeira para acalmar o choro e tremores, folha de graviola para aliviar azia e gases, cataplasmas de resina de pau-de-jobo[5] para devolver o calor da pele. Sabia milhões de segredos. E assim como compunha troncos, raízes e folhagens, também compu-

---

3. Expressão muito utilizada no Caribe para designar a força, o "Axé" das plantas.
4. Chá preparado com planta abortiva.
5. Fruta do Caribe.

nha ossos e vértebras quebradas, esbarrão de porta em olhos de mulher, hematomas violáceos, coágulos, entorse de tornozelo, contusão e problemas de ligamentos.

Remendando gente foi que Nana pôde pagar sua sobrevivência e de seu neto. Mas Lucas não achava tão interessante o que Nana fazia com as plantas e as mãos para colocá-las a serviço das pessoas. As pessoas fediam a merda e davam a ele um prazer fortuito que o deixava solitário, melancólico e confuso assim que se acabava o último tremor. As árvores não. Elas tinham sua espessura e sua riqueza, a suave cor verde úmida das folhas brilhosas de café das Índias ou o calor picante das folhas rugosas de orégano bruxo, casca-de-pau santo ou as cascas de Tártago[6] lhe provocavam suores de alívio na pele. Deixavam sua pele tranqüila e clara. O que mais desfrutava era tirar resinas das árvores, fazer sangrar âmbares profundos e borrachentos com os quais, estava seguro, se podia compor qualquer coisa que cruzasse sua imaginação. Os ossos que a Nana conseguia, os troncos de goiabeira em flor, ofensa da alma, delicados ungüentos para impermeabilizar madeiras, evitar as goteiras e manchas de

6 . Folhas para chá.

umidade nos tetos, tornear pés de mesas, colocar um corpo respiranado. As resinas podiam tudo.

Quando Nana foi deixando o rio e se dedicando por completo a curar putinhas fracassadas, Lucas, já mais velho, conseguiu trabalho como jardineiro municipal. Ninguém nunca tinha visto plantas que crescessem com tal formosura sobre mãos humanas. Lucas, o filho da lavadeira das ilhas, converteu uma praça nua do vilarejo salitrado em um jardim divino, onde as miramelindas[7] davam em pleno sol, os duendes e os cohitres[8] viviam em comum, sem murchar debaixo das árvores frutíferas, os carvalhos rosados e amarelos se erguiam diretos em direção ao céu cinza, enfeitado como o paraíso de plantas e de suavidades feitas por ele. Todas as boas senhoras autorizavam-no a entrar em suas casas e realizar primores em seus jardins de inverno, quintais, jardins de entrada, semeava e cuidava das palmeiras, coqueiros, conseguia combinar azaléias com gardênias, com rosas e papoulas de diferentes cores, que trançava com bouganvile espinhosa de modo que derramavam suas folhagens sobre as varandas e terraços recobertos com resinas

---

7 . Flor local.
8 . Planta local.

e davam à casa cheiro com seus ungüentos para mesas de caoba e para tetos, brilhava pisos, com a cera de âmbar de milhões de árvores que Lucas destilava nos cômodos dos fundos de sua casinha na Patagônia. Ele chegava e deixava tudo terso, fresco à pele, escorregadio, protegia a superfície de salitre cinza que cobria o vilarejo como uma camada irremovível e alisava as rugas do tempo, devolvendo-lhe palpitações secretas a todo tronco ou torso que pudesse acolher o presente de seus dedos. Os dedos de Lucas... Algumas senhoras circunspectas haviam se surpreendido a si mesmas sonhando com os dedos de Lucas, lhes tirando de dentro toda aquela secura, tão cuidada, que as desmanchariam em rios de âmbar suculento, densos almíscares cheirosos a fragrâncias profundas e secretas, aquelas das quais elas mesmas se protegiam, para pôr em evidência sua respeitabilidade.

E era estranho como as pessoas tratavam o Lucas, porque nenhuma outra pessoa, a não ser a Nana e as quengas dos bordéis da Patagônia, o olhava à cara, deixando escorregar os olhos pelo resto de seu corpo.

Quase ninguém lhe sustentava o olhar, quase ninguém se dava conta de suas feições, da amêndoa escura e doce que eram seus olhos, nem do quão amplo e remoto que era seu sorriso. Ninguém além das quengas se fixava nas suas costas amplas, fibrosas como um ausubo[9], nem na redondeza perfeita de seus montículos de carne lá em cima das coxas, nem no profundo colorido caoba de sua pele, sempre fresca como uma sombra.

E ninguém se atrevia sequer a olhar de rabo-de-olho o mastro que se delineava por dentro da calça, o amplo nó que prometia troncos de carne escura e suculenta, pêlos suaves, cheirando a videiras de mar. Nem ele mesmo percebia o bonito que era porque, como todos os demais, sua atenção estava fixa na precisão de suas mãos. Seus dedos, compridos como de um pássaro, terminavam em pontas curvas e afiladas, com finas cutículas no fundo das unhas. Estas sempre estavam margeadas de terra e pedaços de cortiça, estriadas às vezes por fibras finíssimas de queratina que criavam texturas magistrais e diferentes em cada uma. As palmas eram largas, carnudas, com calos em cada falange. Sulcos profundos e cortes sutis lhe marcavam o dorso ao contrário, fazendo-lhe mapinhas de destino por toda a superfície cor de ameixa madura. Mas, surpreendentemente, as mãos de Lucas eram suaves, em sua fortaleza e pre-

---

9 . Árvore de madeira muito forte.

cisão; tímidas e suaves assim como quando era criança e carregava penico de merda; tímidas, suaves, fugazes em sua forte pressão sobre as coisas. Todos os olhos que topavam com Lucas se fixavam em suas mãos, assim como somente se focavam nas correntinhas nos tornozelos das quengas da Patagônia.

A primeira vez que o rio inundou os jardins que Lucas foi tecendo na praça do povoado, arruinou um ministério de primores de belezas de coalhado. O jardineiro levara quase quatro anos para construir seu império vegetal. Lucas acabava de podar os cedros e as seringueiras, de curá-los de parasitas e demais enfermidades tropicais que os afligiam. As sangrias de resina se encheram de barro, as correntes desfizeram os torniquetes para endireitar os troncos virados pela ventania. Porém, ele sabia que isso ocorreria cedo ou tarde. Sabia, desde que começou a recorrer às ribeiras em busca de resina e percebeu que o leito do rio era artificial, que tinha sido desviado com o propósito de cumprir com as necessidades de expansão do município. "As coisas têm sua vida, têm sua morte e têm seu curso sobre a terra. Isso a mão de nenhum homem pode mudar", disse Nana, quando ele lhe contou seu descobrimento. E foram providenciais as palavras da velha curandeira, porque semanas mais tarde o rio teve vontade de recuperar seu curso original e inundou o vilarejo. A perda maior não foram os jardins do município, a causa do infortúnio caprichoso do Humaco, foi a morte de mais de 200 pessoas, quase todas elas da Patagônia. Entre elas, Nana.

Foi coisa do destino. Em seguida do trabalho, depois de destilar dois galões de resinas de tabonuco[10] nos quartos dos fundos da casinha da Nana, foi buscar merda de putas no bordel. Uma das moças, amarela mel, como a substância que acaba de destilar do coração das árvores, lhe abriu a porta, os olhos e a caixa do coração. Era nova no grupo, não a tinha visto antes, mas àquela tarde, se ofereceu para ele por 20 pesos, e ele lhe deixou 30 sobre a penteadeira de tábuas de pinho, ao lado do catre, onde fizeram amor até a madrugada. Ao longe se ouvia o estertor da chuva, enquanto ele a penetrava suavemente na primeira rodada de carícias, e ela se requebrou silenciosa para deixar entrar aquele portento de mastro entre suas pernas. Lucas esteve em cima dela, movendo-se como os sauces[11] do cemitério. Notou que a moça não queria senão fazer seu traba-

---

10 . Árvore que solta uma resina com cheiro muito forte.
11 . Árvore típica de Porto Rico.

lho, porém pouco a pouco suas entranhas foram se umedecendo e exalando um cheio de cedro recém-cortado.

Então Lucas se movimentou com mais pressa, até que ela arqueou suas costas de canário, lhe pegou da costela ao peito e se esvaziou em um suspiro lânguido e triste, enquanto sua vulva latejava com ele dentro.

Três, quatro vezes ela se desfez debaixo. Quando estava exausta e desmemoriada, e enquanto o aguaceiro ameaçava desmanchar as chapas do teto do Conde Rojo, o rio rugia e se levava emaranhado à metade dos habitantes da Patagônia, Lucas Poubart penetrou a mulher pela quinta vez. Com a primeira pressão, sentiu que a subiam ao ventre todas as substâncias que o corpo havia sido capaz de produzir, em todos os anos que havia existido sobre a face da terra; e se esvaziou por completo naquela mulherzinha amarela, enquanto ela cobria o rosto com seu cabelo, tentando que ele não lhe visse a cara de morte plena, em meio ao desastre que foi aquela paixão.

O acaso salvou a ambos. Haviam passado a enchente na parte mais alta do prostíbulo. Mas o resto da Patagônia era pura desolação. O bairro ficava em um declive profundo, nas proximidades do rio. As águas do Humaco chegaram até a praça e, o que foi pior, agarraram a Nana em seu quarto, de onde foi resgatada pelos vizinhos, profundamente morta. Quando Lucas chegou, encontrou os vizinhos desembaraçando o cadáver da Nana dos lençóis que a haviam amarrado às colunas da cama. Com um único grito, profundo, se desfez em prantos enquanto abraçava o cadáver da avó.

Por volta do meio-dia foi que Lucas pôde sair de sua estupefação, soltar o corpo da Nana sobre a mesa da cozinha, e ir à rua ajudar os demais, em desgraça. Com água até a cintura, encontrou várias pessoas presas entre os escombros, as tábuas, os galhos e os catres das casas destroçadas pela corrente. Pensando na Nana, e do que dela havia aprendido, foi ajudando a desembaraçar os mortos, a salvar os que ainda tinham vida, tirando-lhes lama dos narizes e massageando os pulmões alagados. Deu respirações, esquentou membros, abraçou órfãos e viúvas. Os levou a lugares altos, fora de perigo e, ao anoitecer, desabou de esgotamento em um dos bancos do refúgio que a prefeitura abriu para os prejudicados pelo desastre. Dormiu ali, sem se mover por toda a noite.

Quando Lucas despertou de seu sonho, se deu conta que as águas do rio tinham baixado a seu nível. Regressou para sua casa, para arrumar os detalhes do sepultamento de sua avó. Não chamou nenhuma funerária; foi ele mesmo ao quartinho de destilar seiva e limpou sua mesa de trabalho para onde trasladou o cadáver já rígido da Nana. Na desordem da oficina, resgatou uma lata que milagrosamente não havia sido levada pela enchente. Dentro da lata guardava um ungüento pesado e de cheiro nauseante, que fazia chorar a quem se aproximava. Abriu a lata. Besuntou as mãos, desnudou a avó, e com aquele cataplasma foi massageando todo o corpo inchado e cinza. Levou horas naquela tarefa, parte por parte, cara, mandíbula, pescoço, orelhas, cabelo e em seguida baixar os dedos e pressioná-los nos ombros, nos braços fortes daquela mulher, que o havia criado desde criança. Pegou-lhe os dedos, tão parecidos com os seus, os encheu de emplaste destilado, os umedeceu com suas próprias lágrimas silenciosas. Besuntou o peito, tendo cuidado em aplicar menos solução nos mamilos escuros. Foi descendo e apertando forte para baixo no ventre e logo depois nas pernas. Entreabriu as pernas da Nana, lhe acariciou o púbis grisalho e com ternura foi enchendo as frestas com aquela seiva, experto, conhecedor e humilde em seu ofício, de devolver a ternura e a umidade ao corpo morto da avó.

Colocou-lhe à sombra morna, esperou por três horas. Em seguida, vestiu-lhe uma roupa que havia comprado dias antes para ela e foi para o quintal para terminar de fazer um caixão de madeira, de caoba polida, ligeiramente tingido de uma tinta marrom avermelhada, que combinava perfeitamente com a pele de sua Nana.

Aos quatro dias do sepultamento, que foi o mais formoso de todos os sepultamentos celebrados na Patagônia, foi buscar a mulher amarela no que sobrou do prostíbulo. Não a encontrou. Ninguém pôde dizer com toda a certeza seu paradeiro. Dona Luba, uma das rameiras mais antigas da vizinhança, contou-lhe rumores de que o pai havia descido de Yabucoa para levá-la. "Esse maldito foi o primeiro a desgraçá-la. Aurélia mesma me contou assim que chegou no bairro. Quando soube que a havia encontrado, aproveitou a confusão do rio e fugiu. Deve andar escondida por aí. Se você a vir antes que eu, diga que deixe o Conde Rojo e que venha trabalhar comigo. Se eu a vir antes, eu digo que você anda procurando por ela."

Enquanto esperava notícias de Aurélia, Lucas se concentrava em consertar os jardins da praça. Um dia mandaram chamá-lo na prefeitura. Lá informaram-lhe que requeriam seus serviços, mas para outras necessidades que não as de recuperar os jardins da praça. Ainda ficaram cadáveres boiando pela águas do rio que a correnteza havia arrastado para fora do povoado, cadáveres que ninguém quis recolher e que já estavam criando pestilência. "São cadáveres de putas. Ninguém quer tocá-los. Tememos o pior, epidemias, pestes, envenenamentos de água. Não podemos nos arriscar a deixar que a correnteza leve estes corpos para os vilarejos aldeões. Um escândalo assim mancharia o bom nome do prefeito." Lucas aceitou a tarefa, pediu transporte para percorrer as margens em busca dos corpos, colocou a condição de aumento de salário e que lhe outorgassem independência total na escolha das árvores e plantas para semear na praça do povoado.

Assim foi como, de jardineiro municipal, Lucas se converteu em resgatador de cadáveres de putas afogadas. Pois, para seu assombro, seguiam aparecendo corpos de rameiras entre as águas do rio, muito depois de que ele resgatara todas as que tinham-se afogado na inundação. De vez em quando, o chamavam do município para que fosse recolher cadáveres realengos. "Outra puta afogada pela inundação", diziam entre risinhos os policiais que chamavam Lucas para trabalhar. Adaptou-se ao costume, depois dos primeiros meses, já ia sozinho, patrulhando as margens do rio, para economizar-lhe as chamadas dos oficiais e não ter que interromper sua rotina de jardineiro, para a qual voltou depois do primeiro turno de resgates.

Com os cadáveres recuperados era sempre a mesma história. Primeiro se jogava ao rio, nadando, para desenrolar os corpos entre as ervas daninhas, que conseguiam deter à deriva as putas afogadas. Desembaraçava-lhes o cabelo, para ver se podia identificá-las. Quando chegava a elas, algumas já tinham os lábios furados pelos peixes, ou as pálpebras cheias de crustáceos, e as tripas habitadas por pequenos camarões e pulgas aquáticas. Era difícil identificá-las, se não fosse pela correntinha no tornozelo esquerdo, que delatava a profissão.

As desfiguradas as carregava suavemente, como se estivessem adormecidas e as levava diretamente à morgue. Com outras, quase todas de morte mais fresca, se afeiçoava, não sabia por que razão. Então as levava para casa. Preparava-lhes algum óleo com essência, para tirar-lhes do rosto o ricto da surpresa de se encontrar afogada, o susto do pesadelo na face e nos músculos. Acariciava-lhes a carne, relaxava-lhes o semblante com as mãos, pensando como ninguém as ia buscar e como as jogariam ao depósito, cremadas, sem uma única carícia de despedida, aqueles corpos que o povo inteiro tinha manuseado e dos quais agora queriam se desinteressar. "Ninguém quer tocar em você", lhes dizia Lucas sussurrando, "ninguém quer tocar em você e ninguém saberia como fazê-lo agora mais que eu." Não era grande coisa o que fazia por elas, ele sabia. Mas ao entregar à morgue um corpo novo daqueles que lhe provocavam carinho, se orgulhava do bonito que ficava, com a pele macia e oleosa, cheirando a plantas frescas de menta, com a cara em repouso.

Antes de colocá-las de novo na viatura municipal, abria-lhes do tornozelo a infame correntinha de ouro e a guardava no bolso de sua calça. Talvez assim as tratassem melhor.

Um dia Lucas caminhava pelas margens de Humaco, pensando em uma coisa qualquer. Havia tanto tempo que já não buscava resinas, nem resgatava cadáveres. Tudo era plantar jardins e untar resinas nos tetos, mesas e cadeiras em casas de ricos. Parou diante de uma árvore de caimitos[12], para observar-lhes as gretas do tronco e acariciá-los com suavidade. De repente se fixou em um montinho de roupas que sobressaía do

---

12. Fruta do Caribe. Para os brasileiros, a referência é o abiu.

matagal do outro lado da água. Aguçou a vista, parecia um cadáver. Animado, quase alegre, tirou a camisa e se jogou nas águas do rio, com calma, nadando apenas, pois a parte que cruzava não era tão profunda. Enquanto ia se aproximando ao montinho, viu umas mãos pequeninas, com dedos de menina que aparentavam uma cor âmbar na pele enrugada e cinza. Esta era uma morte fresca, não mais do que umas quantas horas, uma noite, uma madrugada na água. Os pés descalços, com as unhas pintadas de vermelho, se via em repouso total e no tornozelo esquerdo brilhava a infame correntinha. A carne se notava através da blusa e deixava ver uns mamilos marrom-escuros que Lucas acreditou conhecer. Com o cadáver nas costas chegou à outra margem e começou seu ritual de desembaraçar para ver o rosto da defunta. Porém não fez mais que tirá-la da água e estendê-la ao sol, por uma de suas amplas mãos sobre a cabeça da afogada, para que a pele inteira se arrepiasse de uma vez. Era ela, no fim ela. Aurélia, a encontrava, finalmente. Mas estava morta. Lucas quis chorar. Não pôde. Oito meses haviam passado desde a terrível inundação. Daquela mulher somente ficava a lembrança de um tato amanhecido, febril, novo para ele, que tantas superfícies havia tocado, tantas outras putas havia penetrado com seus dedos, com sua língua e sua pele. Sentiu um alívio ao se ver liberado do espectro daquela ternura, que se acomodou na pele e não deixava fazer outra coisa, senão desejar a Aurélia. Pensou que agora voltaria a ser o mesmo, o mesmo que nunca havia abandonado a Nana, numa noite de chuva, o que podia ir fazer enxertos e se fazer desejar pelas outras meretrizes da Patagônia, que inclusive poderia buscar uma mulher boa com a qual se mudaria para a casinha e se converteria no homem que sua Nana criou, e que a redimiria, assim, de uma morte inútil. Então colocou a Aurélia na tumba da viatura e se dirigiu à Patagônia.

Levou-a para casa e começou a despi-la. Tirou os retalhos da blusa de algodão, a calcinha vermelha e a saia rasgada. Tirou a correntinha de ouro, a qual jogou com outra em um vaso de ágata que tinha comprado para aquele propósito, tirou as travessas e começou a desembaraçar a grenha abundante que uma vez teve entre os dedos, a noite inteira dos infortúnios. Assim que afundou os dentes do pente entre o cabelo, começaram a sair bichos que ele foi matando com a ponta dos dedos, aranhas de rio, pulgas e larvas de inseto que tinham encaixado naquele mel. Foi penteando-a com suavidade e um sorriso no rosto. Seguiu a tarefa, até que o cabelo ficou todo desembaraçado. Lavou-o com sabão e o borrifou com água de rosas. Esperou que secasse sentado em uma poltrona, junto ao cadáver fresco e úmido da mulherzinha amarela. Ainda sorridente, caminhou até sua oficina de resinas e tirou a lata que já quase há um ano havia usado para preparar a Nana para sua tumba. Tinha suficiente solução dentro e até sobrava para cobrir o corpo do passarinho que jazia sobre a mesa. Nunca o havia usado sobre outra, instintivamente tinha guardado o que sobrou, talvez para aquela mulher.

Com a alma acostumada às catástrofes, começou o ritual de besuntar as mãos com a solução. Começou pelos pés, dedo a dedo, tornozelo livre da correntinha, pernas rígidas, toda ela foi ficando untada pela resina, que, já envelhecida, soltava um tênue cheiro de madeira de todos os tipos e de flores condensadas, em um aroma vegetal do qual já não se podia diferenciar nenhum de seus componentes originais. Pressionando com atenção, foi relaxando-lhes os músculos da morta, até que sentiu que a fricção e outras coisas lhe devolveram calor à pele. Com aquela sensação, de estranhas temperaturas, entre os dedos prosseguiu seu caminho até em cima no corpo de Aurélia. Passou três quartos de hora massageando-lhe os músculos acaramelados, duros e com pêlos claros, que refletiam a luz da oficina. E ali de novo sentiu o estranho calor que regressava, de dentro para fora da carne da moça. Lucas viu como dos músculos saíam delicadas gotinhas de água, um suor que não cheirava humano mas a leito do rio. Sem mais este entendimento na mente, prosseguiu a massagem, metendo as mãos por debaixo das pernas e pressionando as nádegas da menina que também se excitavam com seus dedos resinosos. Sentiu um golpe de sangue quente entre as pernas, se viu ereto, dolorido pela vontade de se esfregar inteiro a ela sobre a mesa da oficina.

Lucas sacudiu a cabeça, pausou para ver como, da metade para baixo, sua putinha afogada tinha recuperado algo de cor, e emanava cheiros vegetais pelos poros que expulsavam o alagado. Voltou a besuntar a mão e desta vez as pousou, precisas, na cara da morta. Foi fazendo círculos com os dedos sobre a testa, os pômulos, as pálpebras que fechou e abriu, para voltar à nuca, que compôs, colocando-lhe em seu lugar.

Os ombros e clavículas ficaram relaxados sob a pressão dos dedos do jardineiro. Virou de lado para aplicar-lhe resina nas costas até as nádegas que transpiravam na madeira de sua mesa de trabalho, nas palmas de suas mãos e seus mapas do destino, contra a ânsia de Lucas, que seguia crescendo na teimosia de sua concentração. Voltou a virá-la para aplicar-lhe resina sobre os peitinhos de adolescente, tão urgentes, tão suaves. O calor da resina a fez soltar a água do rio que havia chupado em sua deriva. Os mamilos duros e escuros recuperaram cores de magia e já Lucas não pôde mais. Despiu-se por completo, colocou-se um pouco de resina na pélvis, na púbis e em seu membro. Enquanto abria as pernas da afogada, sentiu o calor estimulante daquele ungüento viscoso, sentia-se queimar. Com os dedos destravou a vulva de sua amada e ali mesmo, sobre a mesa da oficina, de enxertos e madeiras, foi penetrando na doce Aurélia, a Aurélia de âmbar e resinas, a sua putinha amada, para ao fim enchê-la de calor. A morte era um simples giro do acaso. Suas mãos não podiam espantá-la. Mas seu pau e sua resina, aquele ardor que regressava envolvido em consistências vegetais, esse sim estava presente, produto de suas mãos, sua espera, de sua insistente lembrança fixa nos dedos e na pele.

Gozou dentro dela, contraindo todos os músculos das costas, se esvaziou como um saco de leite entre as pernas, lhe gritou ao ouvido que a amava, que a queria para sempre. Adormeceu sobre o cadáver e sonhou que a mulherzinha amarela o rodeava com seus braços e lhe dava beijinhos de amor.

Ao despertar, Lucas foi até o jarro de correntinhas de ouro, recolheu a dela e a colocou de novo no tornozelo. Pôs o corpo na sombra morna, foi ao povoado e voltou com dois grandes blocos de gelo, um facão e potes de latão, dos que usava para recolher resina. Aproveitou para dizer à prefeitura que procurassem outro para resgatar putas afogadas e voltou a seus jardins, a seus passeios em busca de resinas e a suas escapadinhas, cada vez menos freqüentes aos sítios de mancebia da Patagônia. Três vezes na semana se trancava na oficina da casinha materna com uma lata cheia de ungüentos e uma garrafa de água de flores e não saía até a madrugada, sorridente e cheio de suores pegajosos em toda a pele.

* Tradução de Fernanda Felisberto.

O TETO
Micheline Coulibaly *

A lua rivaliza seus raios com os néons da rua, iluminando generosamente a artéria principal do bairro Biafrais de Treichville. Ondas de música escapam dos alto-falantes, misturando-se às cantorias e gritos de toda aquela gente. Em meio aos que dançam suados, uma garota se remexe, rodopia, batendo com os pés, balançando a cabeça, ondulando os braços. Parece que nada pode pará-la. Ela dança, os olhos fechados, penetrada pelo ritmo dos tambores. Só este instante importa. Amanhã? Ontem? São palavras abstratas, por seus sentidos, por seus conteúdos. Dançar, deixar-se levar pela música, o que pode ser mais sublime? Não ver nada, não ouvir nada que não esta música que a leva ao paroxismo da felicidade!

Como? Quem ousa perturbar um tal instante de perfeição? Cloé escuta. Ouve murmúrios, cochichos ao redor dela.

"Pobre Cloé! Não pode nos ver", diz uma voz.

"Ela não quer nos ver", murmura uma outra voz.

"Vamos deixá-la descansar!", intervém uma terceira voz.

Vozes anônimas, vozes estranhas. Cloé adivinha a efervescência que reina em seu quarto.

Estirada sobre seu leito, ela tem os olhos resolutamente fixos no teto. Não ver nada que não seja este teto e a vida que ela nele desenha a partir de seus olhos febris. O teto é branco como uma página virgem. Nele Cloé pode imprimir tudo o que quer, à mercê de sua vontade. Uma Cloé jovem e bela dança ali, ao som dos balafons de sua infância.

Foi há muito, muito tempo.

Cloé tosse. Tem a impressão de ter um caminhão de mil toneladas sobre o peito. Sente-se asfixiada. Jeanne, sua mãe, toca a campanhia, chamando a enfermeira de plantão. Um cheiro de remédios invade o quarto. Cloé fecha os olhos para não ver a enfermeira cravar-lhe a seringa no braço. Cerra os dentes. Ela sai de seu corpo, sobe, sobe, em direção ao teto. Cloé está num pódio. Os aplausos ressoam. Cloé acaba de ser eleita Miss Elegância de Treichville. Seus 20 anos radiosos conferem-lhe uma aura de contentamento e alegria de viver inigualável. Seus olhos percorrem a multidão. É tomada de vertigem. Lançam-lhe flores que vêm aterrissar a seus pés. Os *flashes* lampejam, ofuscando-na. Amanhã, Cloé será a primeira página de todos os jornais da cidade. Ela fecha os olhos de prazer. Uma coroa de brilhantes cintila nos seus cabelos pretos. Cloé a retira e a admira. Suas amigas vêm cumprimentá-la. Que satisfação, apesar de tudo! Sobretudo depois de ter perdido nos exames de fim de ano!

Cloé não se abalou nem um pouco com os resultados ruins.

No fim, não há outra coisa na vida senão isso! As coisas sérias são para mais tarde. Quero aproveitar a vida antes que os anos me venham tirar a beleza. "Não há coisa mais triste que a velhice", diz Cloé à sua amiga Léa, que freqüentemente a censura por seu entusiasmo desmesurado por festas.

"Pense também em seus estudos, Cloé! E seu futuro?", insiste Léa.

"Está certo, devemos estudar. Mas somos jovens e belas! Há uma vida toda à nossa frente! Vamos nos divertir também! Não esqueça!", responde-lhe Cloé soltando aquela gargalhada que faz derreter os mais duros corações.

Foi há cinco anos.

Cloé ouve a enfermeira empurrar o carrinho para fora de seu quarto, mas mantém os olhos fixos no teto. De repente, sobressalta-se ao ouvir uma voz grave de homem.

— Seu quadro é estável. Continuaremos seguindo o mesmo tratamento.

Quem está falando? Não, Cloé não quer baixar os olhos sobre o mundo sórdido que a rodeia. Mantém-se dura e parece que vai quebrar o pescoço de tanto esticá-lo em direção ao teto, em direção a seu refúgio. Ela sente-se tão bem ali! Revê sua coroa. Uma coroa de falsos diamantes. Tudo é falso neste mundo, não é? Falso como a beleza, falso como a juventude! Um dia ou outro, tudo se nos escapa! Tudo! Como a vida que ela sente escapar, pouco a pouco, de seu corpo. Tudo é falso no mundo deles. A prova? Ela está aí, deitada num leito qualquer do hospital de Treichville.

O que disse o médico? "Quadro estável!" O que isso quer dizer? Coisa alguma! É somente uma forma de tranqüilizar os pais. Que guardem para si o seu mundinho!

Cloé parte novamente em direção a seu teto. Seus amigos a esperam lá. Ela está linda e goza de boa saúde. Cloé ouve seu riso. A vida é rir, se divertir! Senão, de que serve viver? Na realidade, Cloé só quer o símbolo de uma nova raça de mulher, a mulher liberada de preconceitos, que rejeita a idéia de ser joguete dos homens. Ela é a jogadora, é ela quem dá as regras do jogo. Pelo menos é o que crê.

— A gente vive só uma vez, é o que se diz. Então, vamos viver! "Não quero deixar escapar nenhum instante desta vida preciosa", confidencia a Léa.

"Você não tem vontade de se apaixonar?", pergunta-lhe Léa.

"Eu? Está brincando! Isso não vai acontecer, vou ficar atenta."

Foi há três anos.

Durante toda a noite, Cloé ouviu sua mãe rezar, enquanto enxugava sua testa. Esse suor que Jeanne não consegue drenar é toda uma vida contida em seu corpo. Cloé o sabe: tem um manancial de vida dentro de si. Nada pode esgotar essa reserva. Ela vive! Cloé quer mexer as pernas. O faz com muito sacrifício. Parece que estão presas a uma canga de concreto. No entanto, Cloé sente-se leve. Lá, no teto, Cloé dança mais e mais. Um lindo vestido de seda modela seu corpo airoso. Cloé dança! Cloé está viva então! Quem disse que estava doente? Quem falou em "quadro estável"? Tolices! Léa a observa rodopiar de braço em braço, trocando de par conforme sua vontade. Ela se aproveita de uma breve pausa para lhe falar.

"Você não tem vontade de se casar?", pergunta-lhe Léa.

"O coração muda tão depressa, como eu poderia?", ri Cloé.

"Incrível, Cloé! E onde fica o amor nisso tudo?"

"O amor é uma grande palavra vazia de sentido! Tudo o que sei é que não se deve ficar por muito tempo com o mesmo homem. A rotina estraga tudo."

"Então, não pretende se casar?"

"Mais tarde, talvez."

"Talvez seja tarde demais. Já pensou nas doenças?"

"Doenças são para os pobres. Só me relaciono com pessoas financeiramente estabelecidas. Quem diz abundância diz saúde!"

"Abundância também quer dizer leviandade! Portanto, os seus figurões não estão a salvo das doenças."

"Agourenta!", responde Cloé.

Foi há dois anos.

Uma dor fulgurante atravessa-lhe o estômago. Cloé verga o corpo em dois. Outra daquelas cólicas que não a deixam mais agora! "Diarréia crônica", disse o doutor. De que importa essa diarréia! Ela faz parte de um outro mundo, desse mundo daqui, do mundo deles! No entanto, arrepia-se. Jeanne arruma os travesseiros e lençóis. Escuta os suspiros de sua filha, suspiros que não findam nunca. Que espíritos malignos ainda possuem Cloé, que não concedem-lhe descanso algum?

Léa terminou seus estudos. É professora de Inglês no Liceu Clássico de Abidjan. Cloé parou de estudar. Graças às suas relações, conseguiu um emprego excelente numa fábrica de cerâmica. É encarregada de centralizar os pedidos e de supervisionar a remessa. Um cargo de responsabilidade! A vida sorria-lhe, então. Carro funcional, apartamento. E todos os homens a seus pés. Cloé está feliz. Outras imagens desfilam diante de Cloé. Ela se agita e geme. Jeanne vê os lábios de sua filha formarem palavras inaudíveis.

"Léa, estou apaixonada, quero me casar", diz Cloé com a cara mais séria.

"Não é possível! Você, se casar? Quem é ele? O que ele faz?", espanta-se Léa.

"Bonito, 30 anos, um metro e 80, médico, BMW!", responde Cloé.

"Falo de seu caráter, de suas aspirações!"

"Ele me ama, eu o amo!"

"Isso não é suficiente, Cloé! É preciso tempo para conhecê-lo."

"Em matéria de homem, quem pode me ensinar a lição?"

"Que cinismo! Casamento é coisa séria, Cloé!", indigna-se Léa.

"E a espontaneidade? E a magia da fantasia?", ri Cloé.

Foi há exatamente um ano.

Jeanne chora desde a véspera. Cloé vomitou durante toda a noite. Ela tenta, em vão, cuspir algo que sente atravessado na garganta que impede-lhe de engolir até mesmo a saliva. Seu corpo todo se arqueia a cada esforço para tossir. Está tão débil que eles têm medo que não consiga retomar o fôlego. Apesar de todo o sofrimento, sente-se que está desconectada de tudo, como se ela visse um outro alguém sofrer. Nem uma lágrima, nem uma queixa! Somente palavras sem conseqüência, dirigidas a ouvintes invisíveis.

— Não consegue sequer comer — diz Jeanne a seu marido.

Comer? Do que estão falando? Não pode deixar Frank esperando. Ele vem buscá-la para sair. Frank é o homem que ela queria, com quem espera formar uma família alegre. Por que Léa faz-lhe essas perguntas idiotas?

"O que Frank sabe de sua vida passada?", pergunta-lhe uma vez mais?

"Frank é um homem moderno, com visão ampla", responde-lhe Cloé.

"No que diz respeito às outras, talvez. Mas e sua futura esposa?

Nossa sociedade ainda não está pronta. Facilmente perdoam-se os homens por suas leviandades, mas não as mulheres."

"Frank sabe que sou uma mulher liberada. Ele me ama como sou."

"Você confunde liberação com leviandade. Ele conhece seu passado?"

"Passado é passado! Você dramatiza demais. Tenho certeza de que Frank se casará comigo."

"Espero. Você é minha amiga, quero que seja feliz."

Cloé está feliz. Frank é amável e afetuoso. Mesmo que demore um pouco a manifestar sua vontade de casar-se com ela, de ser o companheiro sonhado por uma Cloé impaciente de, enfim, se estabelecer.

Foi há 10 meses.

Tudo começou de forma tão banal. O harmatã chegou. A temperatura cai. Cloé adoece. Uma gripezinha a mantém presa na cama durante 10 dias. Sai de lá abatida e irreconhecível. Uma semana depois, está de cama novamente e sem vontade para nada. Enfraquecida, hospitalizam-na. Desde então, são breves períodos de alívio seguidos de crises intensas. Fala-se de bronquite aguda, de anemia, nada preciso. Cloé não entende nenhum dos sinais e códigos que figuram nos boletins dos exames. Análises, mais análises! Nada! É o que dizem-lhe. Cloé volta para o hospital. Para que se consiga mais eficácia. Seus pais, Jeanne e Albert Kivi, estão à sua cabeceira. Eles sabem.

Jeanne massageia os membros doloridos de sua filha. A pele descolorada de Cloé está salpicada de erupções marrons. "Sarcoma de Kaposi", explicou um médico. Jeanne está prostrada.

Cloé vê somente o teto de gesso. Lá nele, não há bronquite aguda! Nem diarréia crônica! Nem sarcoma de um fulano de tal! Nem palavras bárbaras! Cloé é Cloé, simplesmente.

Jeanne chora ao recordar-se dos momentos em que Cloé ainda falava.

"Quando vou sair dessa cama horrível, mamãe?"

"Muito em breve! Vou preparar uma grande festa. Vou dançar durante dias e dias."

"Não me faça rir, mamãe! Não estamos mais no interior."

"Vou convidar todos os seus amigos. Não vai me contar um pouco sobre seu amigo Frank?"

"Ainda é segredo, mamãe. Mas queremos nos casar."

"Belo rapaz. Vocês formarão um casal fantástico."

Foi há oito meses.

Há quantos dias ela está ali? Cloé não sabe. Há muito tempo. Tempo demais! Uma eternidade! Jeanne, com a ajuda de uma enfermeira, faz seu asseio. Cloé mantém-se imóvel. Não quer mover-se. Mas ela ainda tem forças para mexer-se? Prefere ignorar seu corpo. Ele não mais existe, esse corpo corroído por todos os males da terra!

"Pobre Cloé! A cada dia uma doença vem se somar às outras" — pensa Jeanne enquanto ocupa-se de sua filha. O psicólogo do hospital aparece. Vem visitar Cloé.

— Reaja, Cloé! Seu corpo necessita de sua mente para dar a volta por cima novamente. Está se sentindo derrotada antes mesmo de entrar na luta?

Cloé escuta, mas a voz se faz longínqua. Chega até ela como se viesse de outro mundo. Que diz ele? Lutar? Pode ela lutar contra essa coisa que a corrói das entranhas? Eles acreditam que ela ignora o que a destrói pouco a pouco? Cloé não quer ouvir mais nada. Além do mais, uma música suave cobre a voz do médico e invade todo o quarto.

Cloé sente-se leve como as notas musicais que vê flutuando no ar. São bolhas multicoloridas que sobem pelo espaço e perdem-se dentro do teto. Cloé corre atrás delas. Consegue ter uma bolha entre os dedos que estoura, deixando escapar uma nota cujo som é tão doce que sente vontade de chorar. Cansada, Cloé se estica toda e as vê subir, subir, ainda mais alto e desaparecer no nada, devoradas por um halo de luz. Então, uma angústia indescritível apodera-se de Cloé. As lágrimas, que sua mãe não dá conta mais de enxugar, inundam seu rosto descarnado.

Foi há seis meses.

"Bravo, Cloé!", bradam em torno dela quando Cloé rodopia dentro de seu vestido de renda. Cloé é a rainha da festa. Ela vê tudo isso dentro do teto. Todo mundo está dentro do pequeno quarto. O bando de amigos, na maior balbúrdia, chega ao hospital onde se encontra Cloé. Até abriram uma garrafa de champanhe para festejar sua saída, muito em breve, do hospital. Flores, bombons, revistas cobrem o carpete. Tudo parece tão verdadeiro, tão real!

"Sai logo desse hospital condenado! Os bailes não têm graça sem você."

Cloé está triste. Frank não veio. Frank nunca mais voltou. Os amigos se vão, um a um. Há de chegar o tempo em que eles também serão raros. Cloé sabe. Suas lágrimas em fluxos contínuos escavam dois sulcos cinzas sobre suas faces.

"Frank sabe que continuo aqui?", decidiu-se, um dia, por perguntar à Léa.

"Sabe, mas anda muito ocupado com o trabalho. Tem viajado muito ultimamente."

"Ocupado a ponto de me ignorar completamente? Há seis meses que não vem me ver. Como a vida é estranha!", sorri Cloé com amargura.

"Pense em curar-se, Cloé. É o mais importante no momento. Curar-se para os que a amam!"

"Ele me abandonou porque estou doente", retoma Cloé.

"Vamos falar de outra coisa! Você vai ficar curada e voltar para casa."

Cloé não disse uma só palavra mais. Chora baixinho. Léa acaricia-lhe a cabeça e murmura palavras que a apaziguam. Cloé não falou mais sobre Frank.

Foi há cinco meses.

Sob o travesseiro de Cloé encontram-se seus tesouros mais caros: um anel de ouro, último presente de Frank, uma foto e várias cartas dele. Porém Cloé não os contempla mais. Voltou a fechar-se em sua decepção. Léa casou-se. Cloé não pôde assistir à cerimônia.

"Minha querida, vou viajar. Tenha um pronto restabelecimento! Até logo, Frank ."

Cloé repensa, palavra por palavra, a última carta de Frank. Um buquê de palma-de-santa-rita rosa, a sua flor, a acompanhava. Cloé ainda sente seu perfume embriagante. Imagina o casamento de Léa. Cloé lá está. De vestido de noiva, um vestido suntuoso de cetim marfim, todo bordado em madrepérolas. A longa cauda do vestido, carregada por uma multidão de crianças vestidas em rosa-pastel e azul-celeste, se perde no infinito.

O órgão ressoa sob a abóbada da catedral de Saint-Paul de Plateau. O coral de Abidjan entoa cânticos em latim. Cloé vai avançando, sob os olhares dos convidados maravilhados com sua imponência. Ao pé do altar, a espera Frank, tão perfeito em seu terno escuro furta-cor. Cloé tem os olhos rasos d'água. Frank a observa vindo para si. Cloé retém a vontade de correr e se jogar em seus braços. A passos comedidos, junta-se a ele. O altar quase desaba sob o peso das flores: palmas-de-santa-rita, palmas por toda a parte. Cloé acompanha o refrão dos hinos.

Incansável, Jeanne reza à cabeceira da filha. De repente, ela ouve-lhe entonar cânticos religiosos. Então, Jeanne desata a chorar. Cloé continua cantando, os olhos fixos.

Foi há três meses.

Depois, é completo silêncio dentro do quarto de Cloé. À cabeceira, somente os pais e Léa, sua melhor amiga. Jeanne parece ter envelhecido 20 anos. Albert só pára de chorar para consolar sua mulher.

— Tenhamos fé em Deus! Não chore! Devemos nos mostrar serenos diante de Cloé.

— Por que ela? Por que minha filha? — lastima-se Jeanne.

Cloé finge não ouvir as queixas de sua mãe. Ela escolheu seu destino: o teto. Nele Frank aparece, um Frank sorridente e apaixonado. Ele preenche o teto completamente.

"Te amo, meu monstrinho."

"Também te amo, meu monstrão."

Cloé dá uma gargalhada. Sua mãe acode apavorada.

— Cloé, o que houve? — pergunta-lhe.

Cloé continua a rir. Jeanne, tomada de pânico, chama o médico. Cloé ri de felicidade porque Frank está a seu lado. Ele a toma nos braços. Sente o coração em disparada, quase explode.

— Doutor, minha filha está delirando. Ela não reage às minhas perguntas — diz Jeanne chorando.

— Seu estado continua o mesmo — tranqüiliza-lhe o médico.

— Faça alguma coisa, doutor! — suplica-lhe Jeanne.

— Já se fez de tudo. Deixemos o tratamento agir e tenhamos esperança — diz o médico examinando o dispositivo de perfusão de Cloé.

— A fé, a esperança, é tudo o que nos resta! — diz Jeanne baixinho.

Foi há dois meses.

Jeanne chora em companhia de algumas amigas. Cloé tem o rosto mais descansado, hoje. Até mesmo abriu os olhos e lhes sorriu. Depois, voltou para seus sonhos. Irradiando luz, Frank, todo sorridente, a espera dentro do teto, de braços abertos. Cloé corre em sua direção. Ele se afasta, os braços sempre abertos para ela. Cloé corre mais rápido, mas sem conseguir alcançar seu objetivo: Frank. Está ofegante, mas continua no seu curso desesperado. De repente, tropeça e cai. Dois braços vigorosos amparam-na. Eleva a cabeça, vê, reclinado sobre ela, o rosto do doutor Joël Koffi, o médico que acompanha seu tratamento, um amigo de Frank. Cloé em vão mira o teto, Frank não está mais ali. Contempla o teto branco, escruta os motivos beges que o bordejam. Nada! Salvo o doutor Joël Koffi, somente ele. Impossível! O teto é reservado a seus amigos, àqueles que ela quer ver ali. O que o doutor está fazendo dentro de "seu teto"? Ele não tem direito de entrar lá. Cloé quer expulsá-lo.

Jeanne, ao ver sua filha agitar-se na cama, a acalma dizendo-lhe baixinho:

— Está tudo bem, Cloé. Acalme-se, filhinha!

Cloé relaxa e escuta. Não! O doutor não está dentro de "seu teto". Ele está embaixo, dentro do quarto e fala a ela:

— Você está muito doente, Cloé. Mas nada é impossível. O sucesso do tratamento também depende de você. Sobretudo de você. Você tem se mostrado muito corajosa até agora. Continue! Não abandone a luta. Ajude-nos a ajudar você!

— Deus é grande, minha filha. Ele ouve nossas preces e atenderá às nossas súplicas. Tenha confiança em Deus — acrescenta Jeanne.

Foi há um mês.

Joël Koffi está todos os dias à cabeceira de Cloé. Tratar de um doente não é somente administrar-lhe medicamentos. É também ser pródigo em palavras que apaziguem a alma. Ele sabe que Cloé tem pouca chance de sair dessa. Passa horas falando sobre tudo e sobre nada com ela. Cloé ouve, mas não escuta. Recusa-se a escutá-lo.

Novamente ela o vê dentro de seu teto. Cloé vê seu rosto brilhante de suor, seus olhos no fundo das órbitas por trás dos óculos caros. Sua boca pronuncia palavras incompreensíveis, palavras por demais sábias para ela, como se ele quisesse envolver sua doença em papel de presente para que ela aceite, mais facilmente, o seu estado. Ela vê a boca crescer, tornar-se ameaçadora. Os dentes parecem querer sair de seu abrigo para mordê-la, para comê-la. É esse o seu mal, é essa boca fazendo careta.

Antes de consultar-se com o médico, estava somente um pouco doente. Nada sério, ele disse-lhe. Tinha uma gripezinha, uma gripe de nada, como aquelas que pegam milhares de pessoas todos os anos. Agora, é de um mal terrível o que ela sofre.

É a boca quem o diz, ela comunicou-lhe o mal. A boca pronunciou o veredito condenando-a ao terrível mal.

Depois que o médico saiu, Cloé cerrou os ouvidos, cerrou os olhos. Às vezes tem medo de mirar o teto. Ele já não é seu domínio particular, porque intrusos ali irromperam, gente que ela não quer ver ali. Essa doença vai tirar-lhe tudo?

Foi há três semanas.

Jeanne observa os magros braços de sua filha. Não resta mais grande coisa da beleza resplandecente de Cloé. Seu corpo inerte sobre o leito se parece com o de uma mulher velha. Difícil de acreditar que um dia ela foi a moça mais bonita de Treichville. Jeanne amarrou-lhe um lenço à cabeça para esconder os tufos esparsos de cabelo que lhe restaram. Em seis meses, a doença fez estragos irreversíveis no corpo da jovem, tirando-lhe toda sua beleza, seu dinamismo e sua vontade de viver. Jeanne sabia da terrível verdade, desde o início. Pediu que não se dissesse nada à filha. A esperança também alimenta o homem, é o ditado. Por que não acreditar em milagres?

Jeanne se esconde para chorar e rezar. Mas sempre recobra as forças para ocupar-se de sua filha. Cloé já não lhe fala, não lhe faz confidências. Jeanne tem a impressão de velar restos mortais. Que cruel realidade! Ela se pergunta o que está por trás disso. Dentro de que mundo refugiou-se sua filha?

A respiração de Cloé se faz difícil. Soluça e recupera o fôlego. Súbito, recompõe-se quase que totalmente em seu leito.

— Mamãe, o que faz essa velha em minha cama? — grita.

Jeanne sente um frio na barriga. Retém as lágrimas para aconchegar a filha junto ao peito. Fala-lhe como se fala a uma criancinha quando queremos acalmar-lhe os medos noturnos.

— Coloquei-a para fora daqui. A velha já foi embora. Ninguém vai incomodá-la, minha filha. Deite-se.

Foi há duas semanas.

Por que tanto barulho? Cloé sente que alguém a toca. Acredita mesmo que todos os seus sentidos retornaram. Não podem deixá-la em paz? Ela não pede nada. Por que toda essa gente dentro de seu quarto? Não tem direito à tranquilidade?

Cloé permanece horas inteiras de olhos fechados. O teto, seu refúgio, não mais lhe pertence. Outras pessoas estão ali agora, pessoas que ela se esforça para não ver. Felizmente, em certos momentos, ele é só dela. Então, ela abre os olhos o máximo possível, arregalando-os para armazenar tudo o que faz a sua felicidade.

Cloé se olha no grande espelho da sala de estar. Frank a observa por cima do jornal. Seu vestidinho de algodão deixa à mostra um ventre levemente abaulado. Cloé acaricia seu ventre carinhosamente.

"Nosso primeiro filho", diz orgulhosamente a Frank.

"O primeiro entre muitos outros!" responde ele.

"Se for menino, vai se chamar Emmanuel. Quero que se pareça com seu pai."

"Tenho certeza de que será menina e será bela como a mãe", diz Frank.

A mão de Cloé se agita embaixo dos lençóis. Apalpa o ventre, o toca. Jeanne pega em sua mão e a acaricia. Ouviu as palavras que sua filha acabou de pronunciar. Chora. "Pobre Cloé! Conhecerá as alegrias da maternidade um dia? Deus é bom e justo. Que sua vontade seja feita!"

Olhos fechados, Cloé canta cantigas de ninar. Sorri e sua fisionomia resplandece de felicidade. Jeanne prefere refugiar-se em suas preces. Seu marido, próximo a ela, chora em silêncio.

Foi há 10 dias.

Depois de alguns dias, Cloé quase não se mexe mais. Sua respiração é imperceptível. Jeanne tem que se inclinar sobre ela para tentar captar algum sinal de vida. Seu velho rosário não a abandona mais. Ela reza. Seu esposo também. Ambos velam a filha.

Cloé tem os olhos fechados. Não tem mais vontade de fitar o teto para vê-lo. Ele está lá, é completamente dela. Cloé vê aquele bando de amigos correr em sua direção. Todos começam a abraçá-la, a felicitá-la. Todos voltaram! E Frank está com eles.

"Vocês são incríveis!", diz a eles.

"Você é quem é incrível por estar curada!"

É a festa que Jeanne prometeu fazer. Cloé dança, tonteada pela música. Cansada, desmorona numa poltrona onde Frank junta-se a ela. Olha dentro de seus olhos e, de repente, começa a gritar.

Estou gravemente doente! Vejo dentro de seus olhos.

Seus gritos alertam os outros que vêm acudir.

"Cloé está gravemente doente. Vejam como mudou!"

Diante dos olhos de todos, Cloé se transforma. Seus cabelos caem, emagrece. Suas roupas flutuam em torno do corpo esquelético. Mal consegue ficar de pé e agarra-se a Frank, que a repele. Cloé desata a chorar. Todos a observam com asco. Têm medo dela. Ela já não é mais uma deles.

Repentinamente, todos começam a fugir do lugar maldito.

"Cloé tem uma doença contagiosa! Vamos embora!"

Com o coração em desespero, Cloé os vê abandonando-a com sua doença, sua terrível doença.

Foi há uma semana.

Léa contempla o rosto emagrecido de sua amiga. Este parece atormentado por um sonho sem fim. Ora dá gargalhadas, ora as lágrimas inundam suas faces lívidas. Léa não consegue segurar as próprias lágrimas. Chora de impotência diante da sorte de sua amiga. Cloé tem somente 23 anos! É justo morrer aos 23 anos? Morrer sem ter realizado nada? Morrer por ter amado demais a vida!

Todos eles abandonaram o teto. Um imenso vazio invade o coração de Cloé. Sente-se frágil, vulnerável. Bem que deseja aceitar sua doença. A tudo se suporta quando se tem apoio e se é amada. É terrível sentir-se tão só, abandonada por todos os amigos. É como morrer. Na realidade, morrer é isso: achar-se só. Agora que o teto está vazio, o que lhe resta? Nada além do gesso, pálido e vulgar... E veja o que surgiu, uma vez mais: o rosto luzidio do doutor Joël Koffi.

— Seja corajosa, Cloé! Você tem...

Dessa vez ela ouve claramente a frase. Cloé tem "Síndrome de Imunodeficiência Adquirida", ou seja, AIDS. Quatro letras terríveis. Escutou até o fim sua condenação à morte. Evidentemente, o médico falou-lhe sobre os diferentes tratamentos possíveis, os progressos da ciência nesse campo. Mas claramente Cloé compreendeu que, para ela, não há mais projetos, não há mais futuro. Por que considera-se a AIDS como o mal da vergonha? Já não basta estar doente? Também é preciso enfrentar a desgraça e a vergonha?

Cloé soube da natureza de seu mal depois de três meses. Um mal do qual conseguiu escapar refugiando-se dentro de seu teto. Abandonada e traída, Cloé, pálpebras fechadas, medita sobre as palavras do médico: "Seja corajosa!" Ela cai na gargalhada.

Foi há três dias.

Léa reza em companhia de Jeanne e Albert. Entre as mãos de pele enrugada, Cloé segura um terço de marfim. Um frêmito percorre, vez por outra, seus lábios. Um sorriso amargo ali se desenha. Em que pensa Cloé? Onde estará ela? Jeanne observa penalizada o pobre corpinho encarquilhado em si mesmo. Isso é tudo o que resta da linda moça que ela foi? Daria a sua vida para vê-la recuperar a saúde, porém, o que pode fazer uma mãe diante de tal desgraça? Amar, continuar a amar a criança que pôs no mundo e rezar a Deus.

Cloé está dentro de seu teto. Muitos pensamentos agitam sua mente. Ela sorri imaginando a cara que Frank teria feito quando seu amigo, o doutor Joël Koffi, falou-lhe de seu estado de saúde. Se bem o conhece, apressou-se em fazer os testes mais sofisticados para descobrir a doença. Pobre Frank! Deve tê-la amaldiçoado por tê-lo exposto à morte. Seria ela realmente culpada? Quem é culpado?

A notícia se espalhou como rastro de pólvora. Uma onda de pânico se apoderou de Abidjan. Cloé sorri cinicamente ao imaginar as caras aterrorizadas dos seus casos amorosos. Um deles transmitiu-lhe o maldito vírus. Por sua vez, ela o terá, sem dúvida, repassado a alguns deles que acreditavam ter a sorte de conseguir uma aventura com ela. Que ironia! Pode ouvir a notícia se repetindo de casa em casa.

"Sabe da novidade? Cloé Kivi está com AIDS."

Estar com AIDS é morrer antes mesmo de morrer. Por mais que Cloé tivesse gritado, chamado por seus amigos, todos se foram. Porque ela está com AIDS, ela já não é a Cloé deles. Eles têm medo.

O rosto irreconhecível de Cloé se inunda de lágrimas.

Foi ontem.

A pedido da família, todos os aparelhos que ainda ligavam Cloé à vida foram desconectados.

— Já faz tanto tempo que ela se foi! — explicam eles.

— Ela estava tão confiante, tão corajosa no início! — diz Léa.

Cloé se retesa no leito. Geme. Sua mãe imediatamente a toma nos braços. Mas Cloé já está longe, muito longe. Repentinamente o teto ganha vida. Ela vê fisionomias. Reconhece-as. É Thierry, que a observa com aquele ar irônico. Foi ele quem a inoculou com o veneno mortal? Não! Foi Salifou. Sua risada é mais forte que a dos outros. E Hubert, que gosta de dar-lhe ordens? Ou então Kossi, com seu gesto ameaçador? Ou ainda Roger, com seu jeito maroto? Todos se aproximam e a rodeiam. Começam todos a rir. Zombam de seus sonhos desfeitos. Cloé não teme, ela os afronta.

"Vocês não me metem medo. Me servi de vocês. Agora acabou! Vão-se embora!", grita.

"Você acredita que se serviu de nós? Nós é que nos servimos de você. Nós todos lhe roubamos alguma coisa: sua inocência, sua juventude, sua beleza, sua saúde, sua vida. Tomamos tudo de você! Não lhe sobrou nada!", zombam eles.

"Não lhe resta mais nada, Cloé!", acrescenta Frank, que se junta a eles.

Mas eis que surgem Jeanne e Albert Kivi. Eles ameaçam aquelas caras, perseguindo-os. Cloé vê o olhar enternecido de sua mãe, os olhos compreensivos de seu pai, e Léa, que parece tão desolada.

Cloé está muito cansada. Está esgotada. Já não quer mais ficar dentro de seu teto. Já não é mais seu refúgio contra a impiedosa realidade. Ela fecha os olhos e se deixa deslizar por dentro das trevas.

Foi hoje.

* Tradução de Regina Domingues.

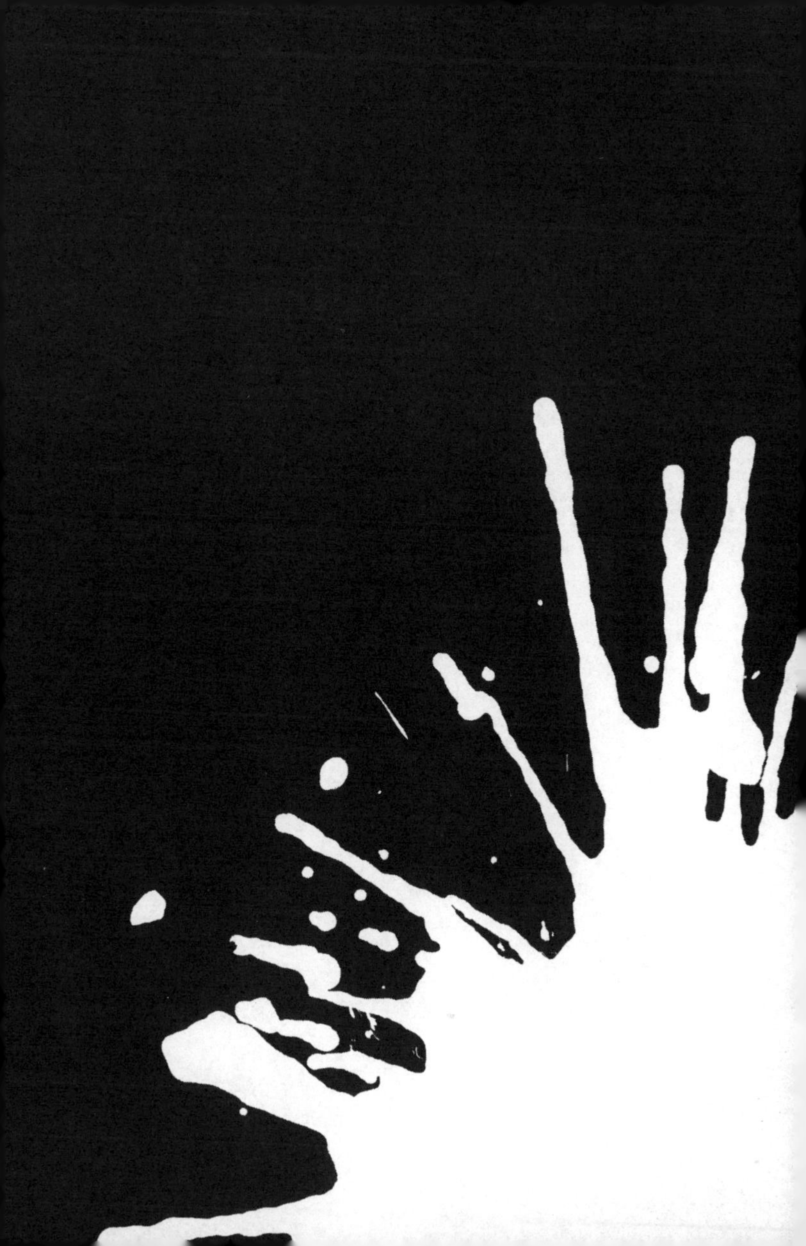

Foto: Ierê Ferreira

ORGANIZADORA
FERNANDA FELISBERTO

Fernanda Felisberto é mestre em Estudos Africanos, com especialização em Literatura, pelo El Colegio de Mexico; é professora da Pós-Graduação em História da África, do Centro de Estudos de Ásia-África da Universidade Candido Mendes e coordena o Selo Editorial de *Afirma*.

OS AUTORES

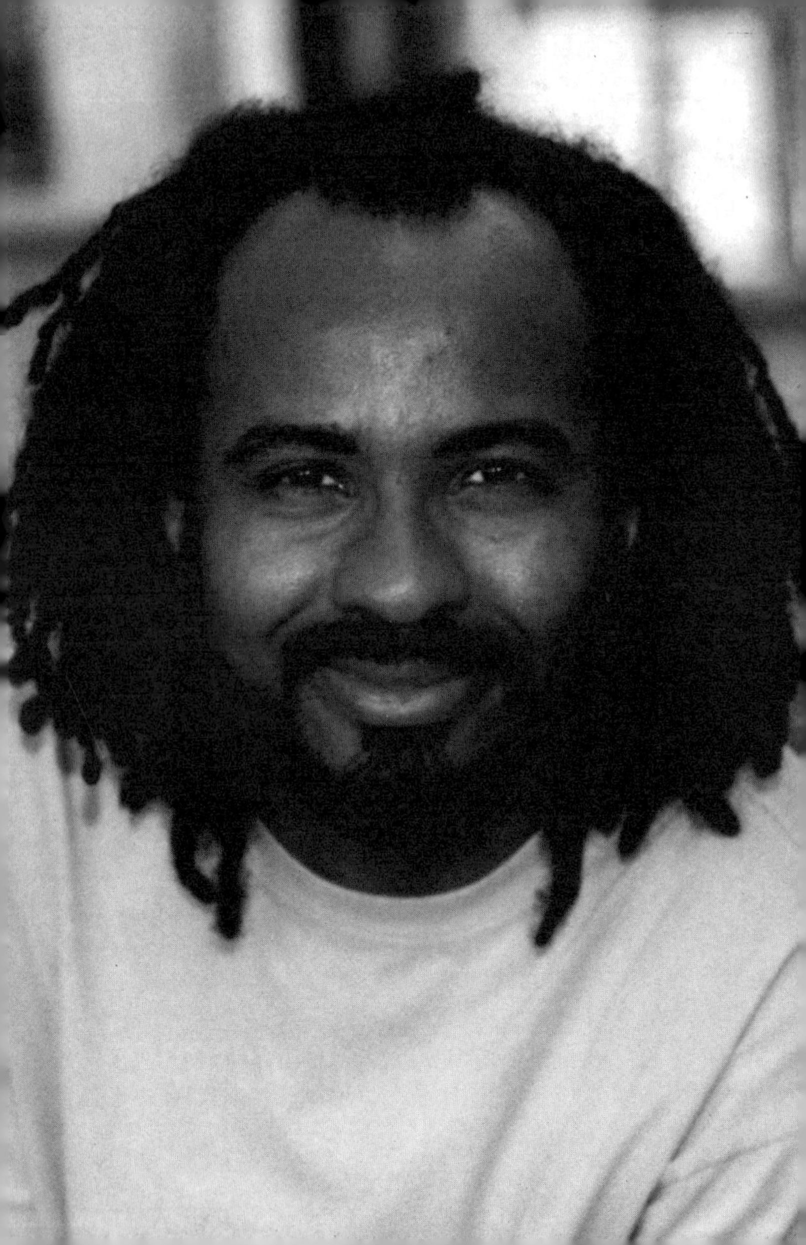

LANDE ONAWALE

Nascido Reinaldo Santana Sampaio, Lande é professor de História da Rede Estadual de Ensino, bancário da Caixa Econômica Federal, compositor e colaborador da Revista eletrônica *Afirma Comunicação e Pesquisa*. Como poeta, tem trabalhos publicados nos *Cadernos Negros (volumes 19, 21 e 23)*, série editada pelo grupo paulista *Quilombhoje*, e na antologia *Quilombo de Palavras*, publicada pelo Centro de Estudos Afro-Orientais (CEAO) da Universidade Federal da Bahia. Em 2003, publicou *Ventos*, sua primeira obra individual.

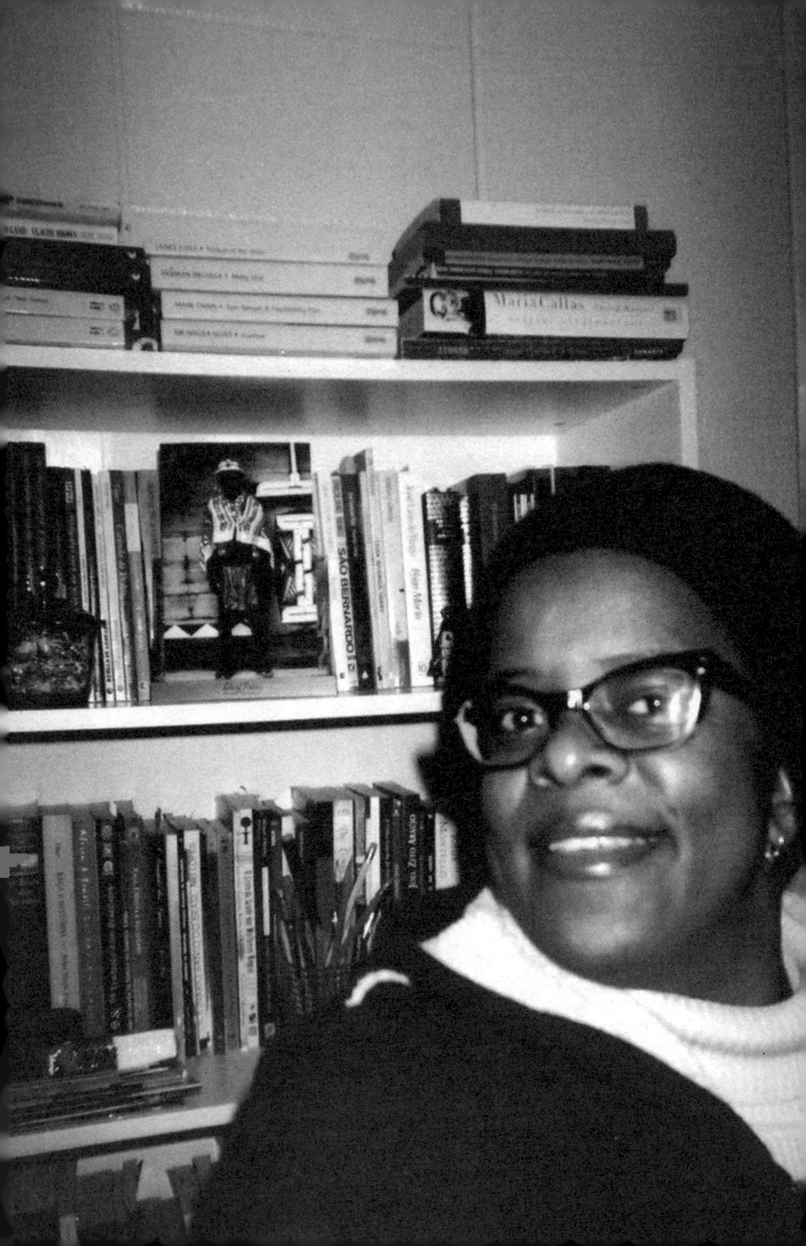
Maria Callas
SÃO BERNARDO

KÁTIA SANTOS

Kátia Santos é carioca, tradutora, mestre em Literatura Portuguesa e doutoranda em Literatura Luso-Brasileira, com especialização em Literatura Afro-Americana e Womens's Studies. É também membro do grupo de escrita criativa da faculdade que freqüenta, a University of Georgia, nos EUA.

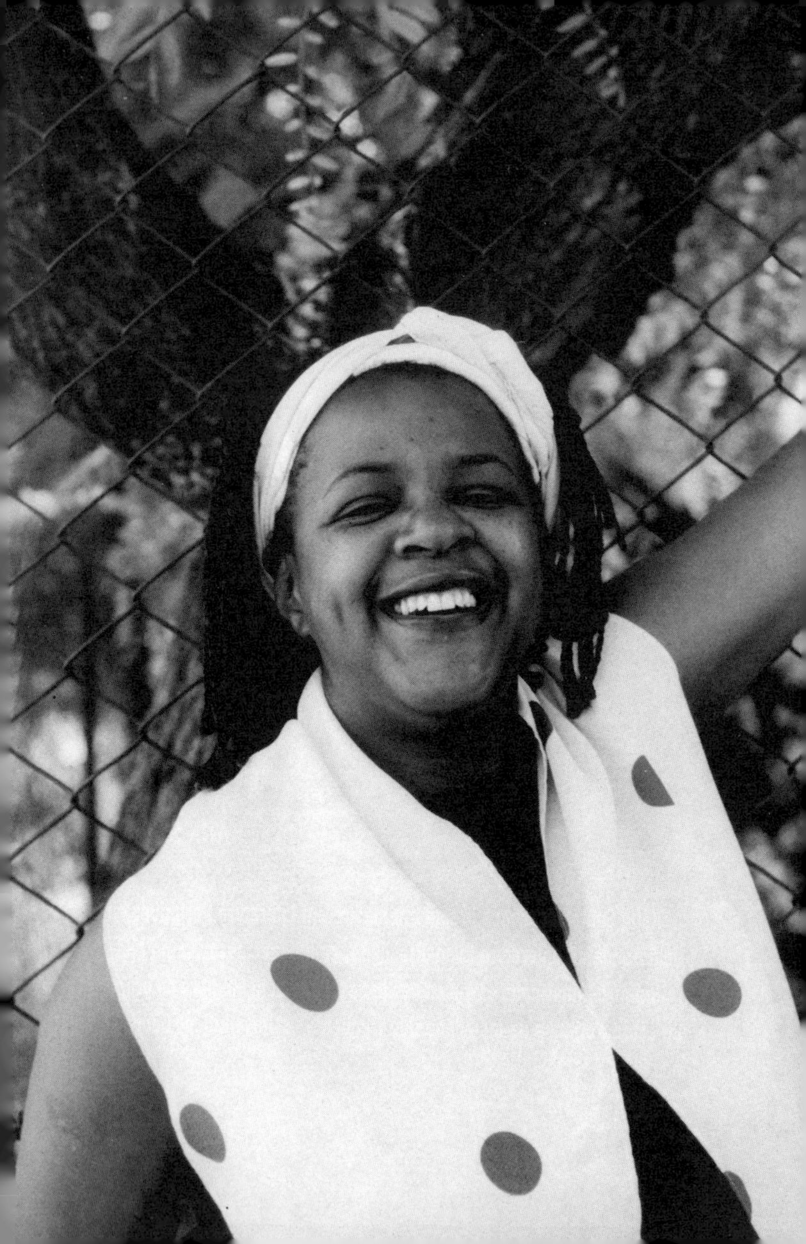

ESMERALDA RIBEIRO

Nasceu em São Paulo/SP, em 1958. É Jornalista e faz parte do Quilombhoje. Atua no sentido de incentivar a participação da mulher negra na literatura.

Publicou os livros *Malungos e Milongas*. (Ed. da Autora, 1988); *Gostando mais de nós mesmos* (Ed. Gente, 1999).

Participou de várias antologias, entre elas: *Cadernos negros 5, 7 a 16, 17 a 21, 22, 23 e 24*, Ed. dos Autores, Editora Anita e Editora Okan; *Moving beyond boundaries. International dimension of black women's writing* (edited by Carole Boyce Davies and Molara Ogundipe-Leslie). London: Pluto Press, 1995; *Finally us. Contemporary black Brazilian women writers* (edited by Miriam Alves and Carolyn R. Durham, edição bilíngüe português/inglês). Colorado: Three Continent Press, 1995 (poemas); *Callaloo*, vol. 18, nº 4 Baltimore: The Johns Hopkins University Press, 1995; *Ancestral House* (edited by Charles H. Rowell). Colorado: Westview Press, 1995; *Cadernos negros - os melhores poemas e Cadernos negros - os melhores contos* (org. Quilombhoje). São Paulo: Ministério da Cultura, 1998; *Quilombo de palavras - a literatura dos afro-descendentes.* (orgs. Jônatas Conceição, Lindinalva Amaro Barbosa). 2. ed. Salvador: CEAO/UFBA, 2000; *Gênero e representação na literatura brasileira. Vol. II* (orgs. Constância Lima Duarte, Eduardo de Assis Duarte e Kátia da Costa Bezerra). Belo Horizonte: UFMG, 2002.

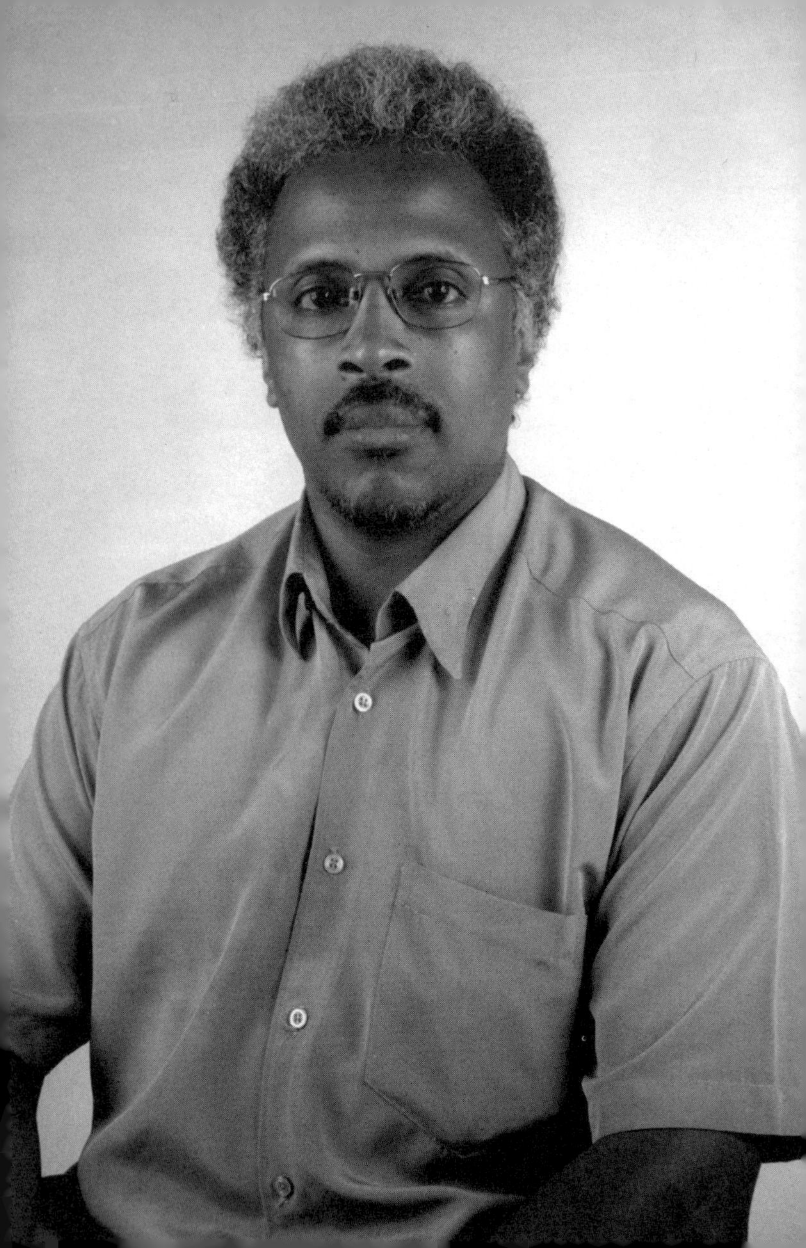

MÁRCIO BARBOSA

Nasceu em São Paulo/SP em 1959. É Pesquisador e um dos coordenadores do Quilombhoje. Prefere escrever contos a poemas, embora não se considere um contador de histórias. Agrada-lhe, no conto, analisar personagens e situações. Fez as entrevistas e os textos do livro *Frente Negra Brasileira* e teve um texto publicado no livro *Os cem melhores contos brasileiros do século*, seleção de Ítalo Moriconi, publicado pela Objetiva em 2000.

Publicou os livros *Paixões crioulas* (Ed. do Autor, 1987), *Frente negra brasileira - depoimentos* (Ministério da Cultura, 1998); *Gostando mais de nós mesmos* (Ed. Gente, 1999).

Participou de várias antologias, entre elas: *Cadernos negros 5, 6 a 16, 18, 20, 22, 24*, Ed. Dos Autores, Editora Anita e Editora Okan; *Reflexões sobre a literatura afro-brasileira* São Paulo: Quilombhoje, 1982/Conselho de Participação e Desenvolvimento da Comunidade Negra, 1985 (ensaios); *Schwarze poesie - Poesia negra* (org. Moema Parente Augel), St. Gallen/Köln: Edition Diá, 1988 (edição bilíngüe alemão/português); *Pau de Sebo - coletânea de poesia negra* (org. Júlia Duboc), Brodowski: Projeto Memória da Cidade, 1988; *Poesia negra brasileira: antologia* (org. Zilá Bernd), Porto Alegre: AGE/IEL/IGEL, 1992; *Callaloo, vol. 18, nº 4 e vol. 19, nº 3*, Baltimore: The Johns Hopkins University Press, 1995 e 1996 (short stories); *Cadernos negros - os melhores poemas e Cadernos negros - os melhores contos* (org. Quilombhoje), São Paulo: Ministério da Cultura, 1998.

foto: Jefé Ferreira

EDUARDO H. P. DE OLIVEIRA

Eduardo Henrique Pereira de Oliveira é sociólogo, carioca de Olaria, tem 33 anos e é torcedor do Flamengo. Trabalhou por seis anos como pesquisador no Ibase, onde ainda é membro do conselho editorial da revista *Democracia Viva*. Foi pesquisador visitante no Departamento de Governo e Política da Universidade de Maryland, nos EUA. Hoje, é secretário-executivo de *Afirma Comunicação e Pesquisa*.

Foto: Irene Santos

CUTI

Conhecido como Cuti, Luiz Silva nasceu em Ourinhos/SP, em 1951. Formou-se em Letras pela Universidade de São Paulo – USP, em 1980. Obteve o título de mestre em Teoria da Literatura pela Universidade Estadual de Campinas – Unicamp, em 1999.

Atualmente é doutorando na mesma Universidade, na área de Literatura Brasileira. Autor dos seguintes livros: *Poemas da Carapinha* (1978); *Batuque de Tocaia* (poemas - 1982); *Suspensão* (teatro - 1983); *Flash Crioulo sobre o Sangue e o Sonho* (poemas - 1987); *Quizila* (contos - 1987); *A Pelada Peluda no Largo da Bola* (novela juvenil); *Dois Nós na Noite* e *Outras Peças de Teatro Negro-Brasileiro*.

(5 peças - 1991); *Negros em Contos* (contos - 1996); *Um Desafio Submerso: Evocações, de Cruz e Sousa, e seus aspectos de construção poética* (dissertação de mestrado - 1999). *Sanga* (poemas - 2002). Participou de várias antologias de poemas, contos e ensaios, no Brasil e no exterior. Foi fundador do Quilombhoje - Literatura, do qual participou de 1980 a 1994. Publica na série *Cadernos Negros* desde 1978. Mantém um site no seguinte endereço: luizcuti.silva.nom.br.

Foto: Daniel Mattar

MARCO MANTO COSTA

É autor do romance *Meu caro Júlio – A face oculta de Julinho da Adelaide* (7Letras), lançado na Bienal do Livro de 97, sob o pseudônimo Manto Costa. Jornalista e pesquisador, iniciou sua carreira no Jornal do Brasil, na década de 80, passando depois pelas redações de O Dia, O Globo e JB Online. Em 2002, foi nomeado assessor da Secretaria de Comunicação do Município do Rio de Janeiro. Colaborador do site do Centro Cultural Cartola, o escritor prossegue com sua produção literária.

Foto: Ierê Ferreira

NEI LOPES

Nei Lopes é compositor-intérprete de música popular brasileira e escritor. Sua obra — que aborda primordialmente as culturas africanas na origem e na Diáspora e o dia-a-dia dos negros cariocas — já conta com 12 títulos publicados em livro além de 5 registros em CDs em sua própria voz e cerca de 250 canções gravadas por outros intérpretes. Publicou pela Pallas os livros *O Negro no Rio de Janeiro e sua Tradição Musical*, *Logunedé, Santo menino que velho respeita* e *Novo Dicionário Banto do Brasil*. Encontra-se em preparação pela mesma editora sua biografia *O Samba do Irajá, identidade negra e carioca na obra de Nei Lopes*.

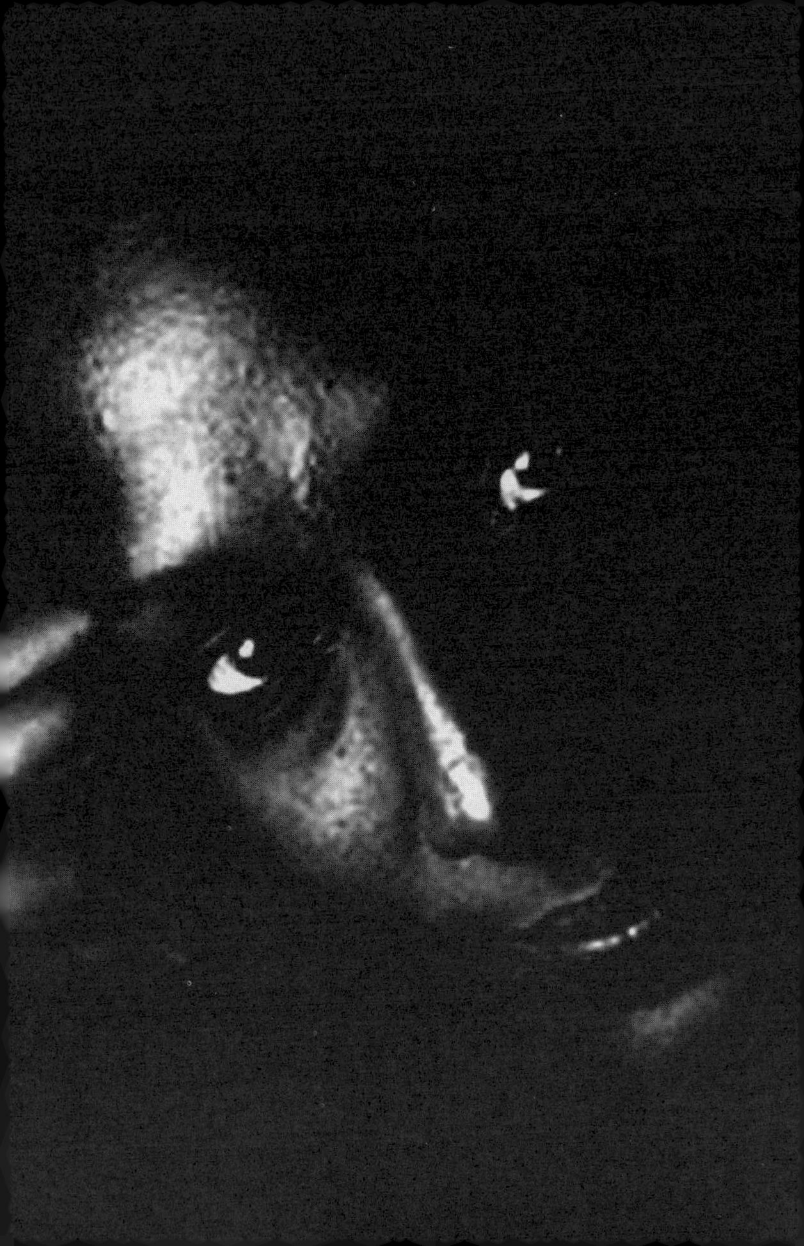

MAYRA SANTOS-FEBRES

Nasceu na Carolina, Porto Rico. Começou a publicar poemas em 1984 em revistas e jornais internacionais, tais como *Casa de las Américas* em Cuba, *Página Doce* na Argentina, *Revue Noir* na França e *Latin American Revue of Arts and Literature*, em Nova York. Em 1991 sugem seus dois livros de poesia: *Anamú e Manigua*, livro que foi selecionado como um dos 10 melhores do ano pela crítica porto-riquenha, e a *El ordem escapado*, ganhadora do primeiro prêmio à poesia da Revista *Tríptico* em Porto Rico. Em 2000 a editora Trilce de México publicou *Tercer Mundo*, seu terceiro livro de poesia. Além de poeta, Mayra Sanros-Febres é ensaísta e romancista. Como contista ganhou o prêmio Letras de Oro (USA, 1994) por sua antologia de contos *Pez de Vidrio* e o prêmio Juan Rulfo de Contos (Paris, 1996). Ainda em 2000 a editora espanhola Grijalbo Mondadori publicou seu primeiro romance, *Sirena Selena Vestida de Pena*, que foi ganhador do prêmio Rómulo Gallego de romances de 2001. A obra já foi traduzida para o inglês, italiano e francês. Em 2002, a mesma editora publicou seu segundo romance, *Cualquier Miércoles Soy Tuya*.

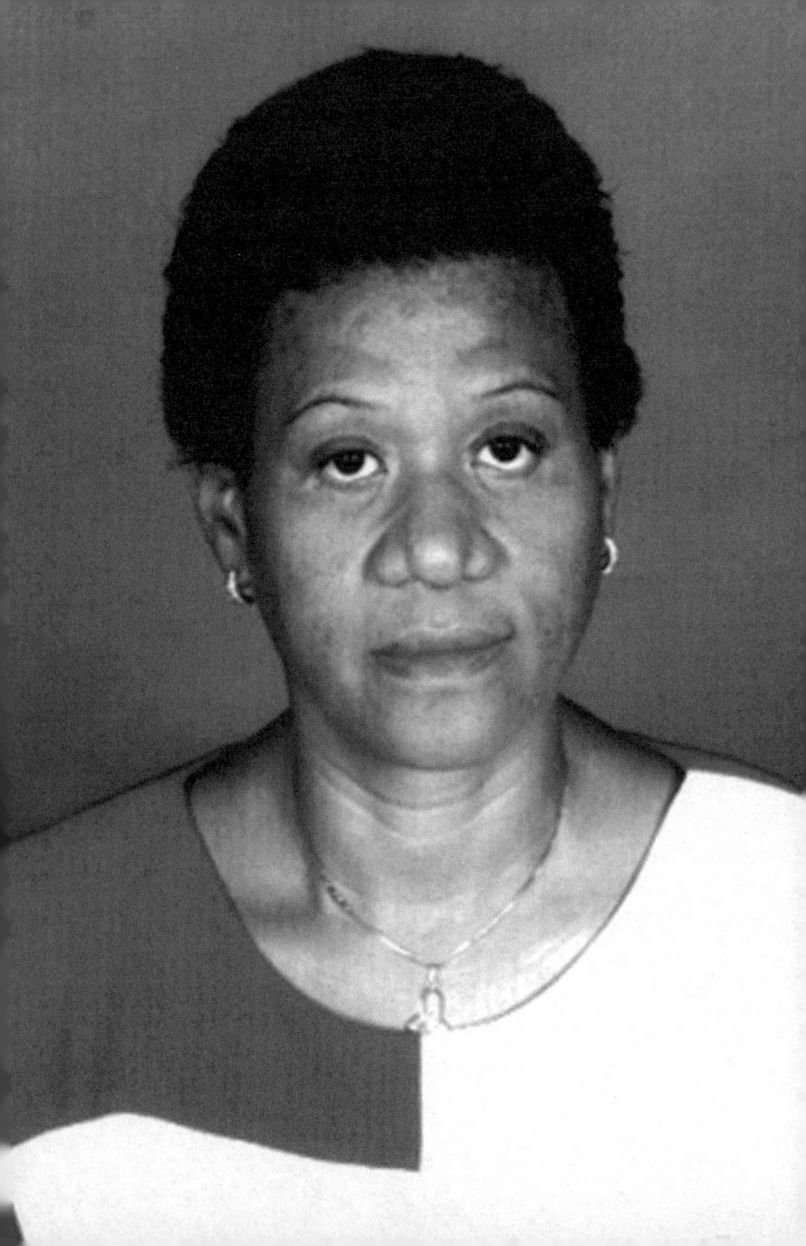

MICHELINE COULIBALY

Micheline Coulibaly nasceu em 1950 em Xuanc-Lai, Vietnã. Ela fez seus estudos primários e secundários na Costa do Marfim, onde também se formou em Relações Públicas.

Publicou diversos livros infantis, um livro de contos e um romance de inspiração autobiográfica. Em 1995, ela obteve uma menção honrosa no Concurso Mundial de Literatura Infantil, organizado pela Fundação José Marti, de Costa Rica, com a obra *Le Prince el la Souris Blanche*; esta mesma obra já foi traduzida para o alemão e o espanhol.

Micheline Coulibaly faleceu no dia 19 de março de 2003.

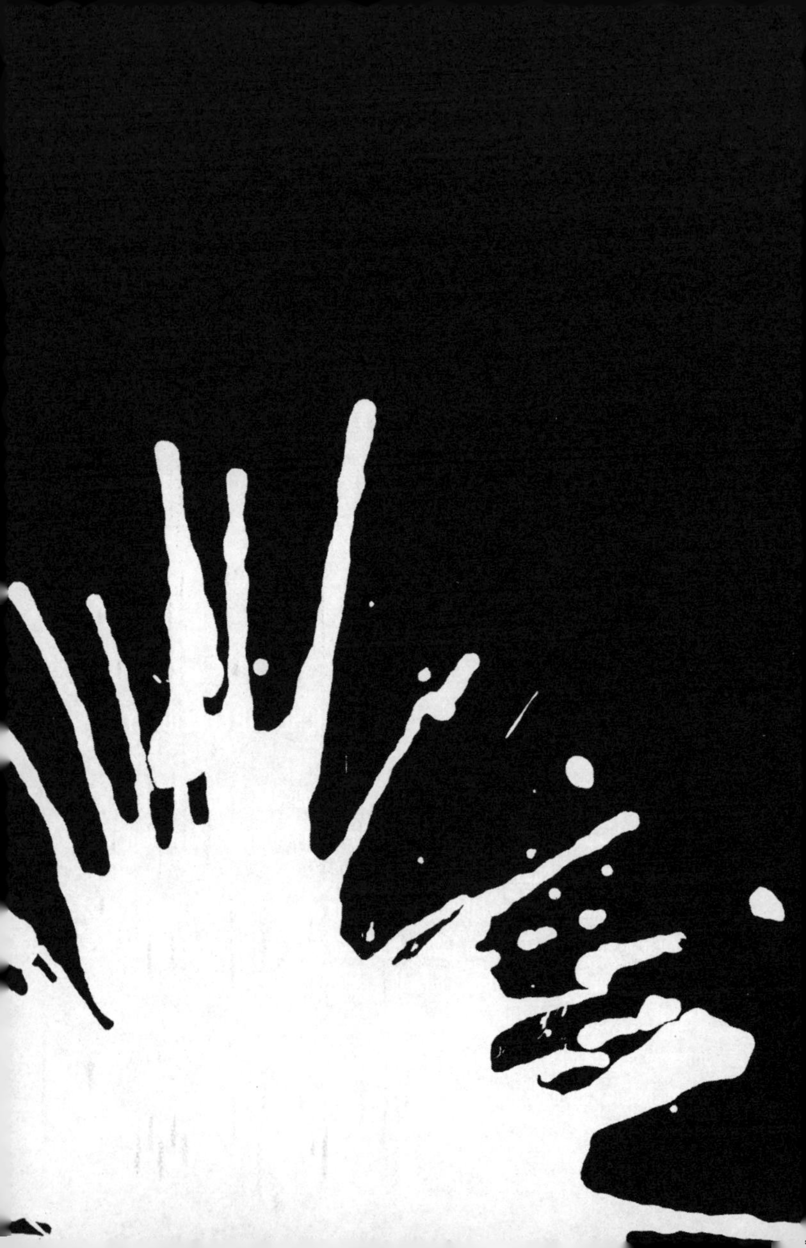

Este livro foi composto na tipologia DINEngschrift, corpo 12, entrelinha 16,7, para o texto;
DINEngschrift, corpo 24, para os títulos.
Foi impresso em papel Offset 75g/m² para o miolo e Cartão Supremo 250g/m² para a capa.
Foi impresso na Geográfica Editora, em São Paulo, em fevereiro de 2008.